ERINNERUNG ALS
SCHMERZ UND HOFFNUNG

DAS BUCH

Vier belletristische Erzählungen mit Untermauerung wissenschaftlicher Erkenntnisse. Beginnend mit der Entwicklung der Erdenwesen, als sie lernten sich aufzurichten, ihre Angst vor dem Feuer überwindend. Dann folgend, mit ihrem ungleichen Verhalten untereinander durch Trieb, Gefühl, Motiv, Wissen und Kampf einen Weg zu ihrer Existenzerhaltung zu finden. Auch immer wieder aufbegehrend, die ihnen im Wege stehenden Hürden überwinden zu wollen.

Vieles, was von den Theoretikern aufgeschrieben wurde, hat sich der Autor zu Eigen gemacht, um daraus zu lernen, dieses Wertvolle zu verarbeiten. Aber auch aufzuzeigen, dass aus der Besinnung des Vergangenen die Gegenwart sich formt.

Dieses Werk wurde im Zeitraum Juni 1974 bis Januar 2021 verfasst.

DER AUTOR

Geboren 1944 im damaligen Ostpreußen, besuchte Manfred Chaluppa die Volksschule und wurde von Beruf Maschinenschlosser. Nach einer Berufsqualifizierung erhielt er die Möglichkeit, an einer Fachhochschule und Universität zu studieren. Die meiste Zeit seiner Berufsjahre war er als Sozialpädagoge mit der Betreuung neuro-psychisch Erkrankter beschäftigt.

Er ist ein begnadeter, guter Zuhörer und macht sich stets Notizen über Gespräche. Nun fühlt er, dass seine Lebenserwartung immer kürzer wird. Auch das abnehmende Suchen hat ihm die innere Ruhe verschafft, all diese Mitteilungen in seinen Erzählungen darzulegen. Die Mitteilenden wurden dazu von ihrer Zahl her immer weniger.

Manfred Chaluppa

ERINNERUNG ALS
SCHMERZ UND HOFFNUNG

Vier Erzählungen

2021

Bibliografische Information der Deutschen Nationalbibliothek:
Die Deutsche Nationalbibliothek verzeichnet diese Publikation in
der Deutschen Nationalbibliografie; detaillierte bibliografische
Daten sind im Internet über http://dnb.dnb.de abrufbar.

© 2021 Manfred Chaluppa
Titelbild: www.pixabay.com
Umschlaggestaltung: Ursula Gassler
Korrektorat und Satz: text*REIN*, Königsbach-Stein, www.textrein.de

Herstellung und Verlag:
BoD – Books on Demand, Norderstedt

ISBN 978-3-7543-0331-3

Inhalt

1. TEIL

Wie kam alles zustande?

Instinkt – Trieb – Selbsterhaltung –
Fortpflanzung – Begreifen – Handeln – Dasein

Die Horde, Männchen und Weibchen mit ihren Jungen, erwachte, fing an, sich zu regen.

Die Nacht hatten alle sich sicherer fühlend in den hohen Baumwipfeln verbracht. Hier fanden sie ihren erholsamen Schlaf; trotz allem, dass unter ihnen auf der Erde der Kampf ums Überleben – fressen oder gefressen werden – tobte.

Sie verhielten sich, geprägt durch ihren Instinkt, nach »der angeborenen Fähigkeit oder Notwendigkeit, auf eine bestimmte Gruppe von Reizen in stereotyper oder gleichbleibender Weise zu reagieren, in einer Reaktionsweise, die nach üblicher Auffassung ein Verhalten einschließt, das erheblich komplexer ist als das, was ein einfacher Reflex genannt wird. Der Instinkt eines Tieres mit einem zentralen Nervensystem setzt sich jedoch vermutlich wie ein einfacher Reflex aus einem Reiz irgendeiner Art von zentraler Erregung und einer motorischen Reaktion zusammen, die einen vorbestimmten Ablauf nimmt.« Das sagte einst ein Theoretiker darüber (n. Lit. 3a, S. 27).

Sie begannen nun, von der aufkommenden Sonne auch etwas erwärmt, sich zu entfalten. Es waren Wesen, deren Körper ein raues Fell bedeckte, mit langen, kraftvollen Armen und Händen, die schon Gegenstände umfassen und greifen konnten. Manchmal versuchend aufrecht zu laufen, benutzten sie diese, ihre Körper zu stützen, denn alleine mit ihren kurzen, krummen Beinen gelang ihnen das noch nicht.

Aus ihren Mündern ertönten immer wieder Laute, die von anderen gleichklingend erwidert wurden. Die Jungtiere, meist bei den Weibchen, hielten sich an deren Fell fest und saugten aus ihren Brüsten die warme, lebenserhaltene Flüssigkeit in sich auf.

Alle fingen an, auf den Ästen und Zweigen herumbalancierend nach Blättern und Früchten zu suchen. Denn sie wurden von quälendem Hunger getrieben und verspürten den Drang, diesen zu stillen. Diejenigen, die dazu nicht mehr in der Lage waren, schauten in sich zusammengeduckt nach den anderen. Nahm ihre Schwäche zu, dann fielen sie kraftlos auf die Erde und hauchten dort ihr Dasein aus, um von anderen Lebewesen verschlungen zu werden.

Einige, die noch spürten, nicht satt geworden zu sein, kletterten von ihren Bäumen herunter. Vorsichtig, nach allen Seiten riechend und schauend, hüpften sie aufrecht, sich dabei stützend auf ihre langen Arme, der Steppenebene zu. Raus aus dem

Wald. Suchten weiter nach wohlschmeckendem Grün, Beeren, Früchten. Überraschten dabei kleinere Lebewesen, die sie dann auch verzehrten.

Nun sprang die gesamte Horde von den Bäumen herunter, folgte den anderen in die Graslandschaft. Alle suchten emsig nach etwas Nahrhaftem. Immer wieder schreckten sie bedrohliche Laute auf; zur Flucht bereit. Bei ihrem Umherstreifen entdeckten sie ein anderes totes Wesen. Schon fast zur Gänze von Beutetieren zerrissen und verschlungen. Vorsichtig näherten sie sich und nahmen auch einige Fleischreste auf, die sie sich in den Mund stopften, zerkauten und verschlangen.

Dann überraschte sie ein Grunzen und Brüllen. Eins der weiblichen Wesen bemerkte dies nicht rechtzeitig. Mit ihrem Jungen an ihren Körper geschmiegt geriet sie unter die Pranken eines nach Beute jagenden Tieres. Beide wurden zerfleischt und von diesem schnell in die nahen Büsche gezerrt. Die anderen der Horde rannten aufgescheucht, fluchtartig davon. Aufsuchend den sie schützenden Wald. Doch die Neugierde, das Suchen blieb.

Wieder begaben sie sich von ihrem Hunger getrieben in die Steppe. Diesmal trafen sie auf einige Beutetiere, die dabei waren, ein gerissenes Tier zu verschlingen. Sehnsüchtig hätten sie auch gerne dessen Fleisch zum Stillen ihres Hungers verschlungen. Einige der kräftigsten Aufrechten wagten sich näher an die Tiere heran. Diese bemerkten sie, ließen von ihrer Beute ab, um die sich ihnen Nähernden zu verjagen oder auch zu töten. Die meisten von ihnen suchten fluchtartig schützende Bäume auf. Doch dann, ein paar von ihnen, liefen nicht davon. Erfassten sodann herumliegende dickere Äste und stellten sich zur Gegenwehr auf. Stoppten den Angriff der Beutetiere. Verschreckt hielten diese inne. Die Aufrechten hoben nun Steine auf und bewarfen damit ihre Angreifer. Diese verspürten die Gefahr und zogen sich zurück. Nun hatten die Aufrechten das Fleisch des getöteten Wesens für sich. Rissen sich Stücke aus dessen Körper heraus und verschlangen sie.

Die auf die Bäume Geflüchteten, auch die weiblichen mit ihren Jungen, kamen, ihre Angst verdrängend, aus den Verstecken und fingen ebenso an, das Fleisch des getöteten Tieres zu verzehren. So spürten alle, dass man somit sein quälendes Hungrigsein stillen konnte. Zu den Mutigsten, die diese anderen Ungeheuer standhaft vertrieben hatten, schauten viele, meist weibliche Wesen zuneigend empor. Diese Stärksten verspürten dieses wohlwollende Verhalten.

Nachdem sie alle satt geworden waren, kamen

sie in der Gruppe zusammen. Die weiblichen Wesen zeigten sich dabei bereit, sich mit diesen Stärksten der Horde zu paaren, aber nur, wenn ihre triebhafte Neigung zur Fortpflanzung sie dazu bewegte. War die Situation nicht gegeben, dann wehrten sie sich sehr aggressiv gegen ihre verlangenden männlichen Artgenossen.

Danach zog man sich wieder, in Sicherheit wähnend, in die hohen Bäume zurück.

Der Kampf, sein Dasein zu erhalten, musste fortgesetzt werden, wollten die Aufrechten nicht ausgelöscht werden.

Dieses hoch über ihnen, erst sehr dunkel Werdende, dann hell Aufleuchtende, dem nach einem gewaltigen Einschlag ein heißes Aufflammen folgte, bereitete ihnen schreckliche Angst. Sie flüchteten davor. Aber wohin? Es gab nichts, was sie hätte beschützen können. Aus der Ferne sahen sie dann, wie dieses Nichtfassbare, dieses Heiße, all das, was es verschlungen hatte, in graudunklem Pulver erkaltet zurückließ. Immer wieder geschah dies vor ihren Augen und fraß auch häufig ihresgleichen mit auf, die sich nicht schnell genug davor in Sicherheit brachten. Nachdem alles erloschen war, fanden sie diese nun als schwarze Klumpen dort liegen. Berührten sie neugierig. Schlitzten sie auf. Nahmen Stücke von ihnen in ihren Mund. Zerkauten und schluckten sie. Sie spürten, dass es sie wohltuend sättigte.

Doch dann sahen einige von ihnen, dass sich in diesem fast schon erkalteten Dunkel noch etwas auf und ab bewegte. Manchmal loderte es hellrot und heiß auf.

Nun taten sich wieder die Mutigsten unter ihnen hervor. Aber diesmal waren es die weiblichen aus der Horde. Vorsichtig schlichen sie sich, immer zur Flucht bereit, auf dieses Feurige zu. Da sie schon zum Greifen fähig waren, packten sie, bedacht darauf, einen sicheren Abstand einzuhalten, nach einem noch nicht brennenden Stockende und schwenkten dieses mit seiner heißen Spitze hin und her. Es passierte ihnen dabei nichts. Ihre Angst hatten sie überwinden können. Sie hielten das züngelnde, fauchende Ende an ein trockenes Grasbüschel. Dieses flammte auf. Vorsichtig, immer wieder sich nach anderen Fressfeinden umschauend, trugen sie den brennenden Stock zu ihrem Sammelpatz. Legten diesen auf einen Stein. Ihre Jungen sammelten weitere Hölzer und legten sie auf die noch lodernde Glut. In deren Nähe war es für alle sehr angenehm. Erwärmte so guttuend ihre Körper.

Dann kamen auch die männlichen Wesen zurück. Sie hatten andere kleinere Tiere erbeutet. Verteilten diese zum Stillen des Hungers an alle. Einer legte eines der getöteten Tiere auf das Feuer. Das Fell ging in Flammen auf. Danach nahm er es an sich, um es zu verzehren. Mit seinen schmatzenden Lauten verkündete er den anderen, dass es ihm sehr gut bekomme. Forderte die anderen auf, es ihm gleichzutun, und sie zeigten sich alle damit zufrieden. Gesättigt zog sich die Horde auf die Bäume zurück. Nach ihrem Schlaf schauten sie nach diesem feurig Heißen. Doch es war verschwunden. Grau und kalt schaute diese Stelle sie an.

Sie wollten weiterleben; getrieben, sich zu erhalten. Mussten wieder nach etwas Sattmachendem suchen.

»Was wir jedoch beim Menschen als Trieb nennen, schließt die motorische Reaktion nicht ein, sondern nur den Zustand zentraler Erregung als Reaktion auf die Reizwirkung. Triebaspekte sind danach der Sexual- und der Aggressionstrieb. Beide sind regelmäßig gemischt, aber nicht unbedingt zu gleichen Anteilen.« (n. Lit. 3a, S. 27 u. S. 30) Sie dienen prinzipiell der Selbsterhaltung im Dasein.

»Die Quelle des Triebes ist ein erregender Vorgang in einem Organ, und das nächste Ziel des Triebes liegt in der Aufhebung des Organreizes.« (zit. S. Freud, Bd. 1, S. 530, Jg. 1933, 1980; aus Wikipedia/Triebtheorie, S. 3)

So zogen die immer wieder sich aufrichtenden Wesen, meist gemeinsam die Steppe aufsuchend, weiter umher. Fanden für sich Nahrhaftes, verschlangen auch die von anderen Tieren zurückgelassenen Beutereste. Verhielten sich zwar vorsichtig, aber nicht mehr gleich zur Flucht bereit vor diesem Feurigen. Nahmen es immer wieder mit zu ihren Rastplätzen. Meist blieben dann die weiblichen Wesen mit ihren Jungen bei dem Feuer. Es gab ihnen auch etwas Sicherheit, von anderen beutesuchenden Tieren nicht überfallen und gefressen zu werden, da diese noch eine große Furcht vor diesem feurig Heißen hatten.

Die anderen männlichen Wesen zogen aus, um andere Tiere einzufangen und zu töten. Brachten dann diese mit zu dem Sammelplatz, um das Fleisch der Tiere mit anderen aufzuteilen. Meist wurden die Fleischstücke nun in das Feuer gehalten, damit sie besser und auch schmackhafter zu verzehren waren. Die weiblichen Wesen achteten nun auch zunehmend darauf, dass diese Feuerstelle nicht erlosch. Die Gruppe suchte zum Rasten jetzt öfter eine Höhle auf, die auch die Kälte der Nacht etwas milderte. Des Nachts wachte dann einer von ihnen, damit das Feuer nicht erlosch und Tiere sie nicht überfielen.

Immer mehr verhielten sich die Einzelnen in der

Horde auch gegenüber dem stärksten und erfolgreichsten Jäger sehr anerkennend, in Zuneigung zu ihm bedacht.

Um sie herum, überall dies hörend, sehend, fühlend, spielte sich Unfassbares, nicht für sie zu Begreifendes ab. Regte sich etwas sehr Angsteinflößendes. Es war nur nicht zu erblicken. Zur Dämpfung ihrer Furcht vor diesem scheinbar überall Wirkenden, versetzten sie sich in von allen gemeinsam klangvoll empfundenen Bewegungen. Meist sich im Kreise um das Feuer stampfend. Einer von ihnen trommelte mit einem Holzstück auf ein eingespanntes Tierfell, einladend zum Tanz. Dabei forderten sie ihren Stärksten und Mutigsten auf, sie zu führen. Es war ja derjenige, welcher sich zur Lebenserhaltung aller hervorgetan hatte. Viele in der Horde gaben auch immer wieder durch anerkennende Gebärden und Laute zu verstehen, dass dieser sicherlich auch mit diesem unfassbar Furchtauslösenden in Verbindung sein konnte, der ihm auch seine Kraft, seinen Mut, sein Können mitgegeben haben musste.

Damit wird wohl das so einfach nicht zu Verstehende aufgetaucht sein. Es trat unter diesen Artgleichen in Erscheinung, dass es Kraftvolle und Schwächere, Befähigte und Nichtbefähigte, Begreifende sowie Nichtbegreifende in ihrer Horde gab.

Dieser von allen sehr durch Zuneigung Bewunderte fühlte auch, dass er sich gegenüber den anderen hervorhob, glaubend, etwas Besonderes und von diesem Nichtfassbaren ein Gesandter sein zu müssen. Überzeugt nun auch von sich selbst, mehr als seinesgleichen der Botschafter dieses Unbegreiflichen, aber doch über allem Wirkenden zu sein. So suchte er nach einem ihn bindenden Kontakt zu diesem. Er verspürte, dass er durch seine rhythmischen, mit Gesang unterstützenden Bewegungen um eine Feuerstelle in demutsvoller Darbietung von pflanzlichen und tierischen Speisen diesen Unfassbaren sicherlich in seinen Botschaften vernehmen könne. Er auch von diesem so angenommen werde. Die anderen umringten ihn erwartungsvoll, lauschten gespannt seinen Tänzen und glaubten ihm auch, wollten sogar hören, dass er von diesem Nichtfassbaren Botschaften erhalte, die er dann weissagend in der Horde weitergeben sollte. Alle waren voller Ahnung, dass diese bestimmt geschehen würden.

Was mochten das wohl für Mitteilungen gewesen sein? Deutungen konnten aus entdeckten Höhlenmalereien erkannt werden, die aus jener Zeit stammen und diese Szenen darstellen.

Ihr Götzenbote verlangte ein tiefes Glaubensbekenntnis, weiter auch ihm hörig zu sein. Dass ihm, so wolle es dieser Unfassbare, von den erarbeiteten Sachen der anderen ein Anteil zustünde. Dieser müsse an ihn, seinen Gesandten, abgegeben werden. Kämen sie all diesen auferlegten Geboten gehorchend nach, würden sie in ihrem Dasein dafür belohnt. Er könne somit viel Unheilvolles von ihnen abwenden. Die meisten waren davon überzeugt, denn es minderte doch sehr diese in ihnen immer aufkommende Furcht. Häufig trafen ja die Weissagungen ihres Anführers, der mit diesem Nichtsichtbaren Kontakt habe, auch ein.

Doch was steckte nun dahinter, was konnte die Ursache sein, dass dieser Anführer sein Verhalten zu den anderen nicht mehr in Gleichheit aller, sondern zu seiner eigenen Selbsterhaltung ausrichtete? Bis dahin war er doch durch sein Suchen, Sammeln, Jagen, Beutemachen bestrebt, damit auch die anderen in seiner Horde am Leben erhalten zu wollen. Nun verhielt er sich anders. Sein Begreifen hatte sich dahingehend fortentwickelt, dass ihm bewusst wurde, dass man dieses Feuer, um das er tanzte, erhalten lassen muss.

Es musste somit auch ein Morgen für dieses Nutzbringende geben. Es durfte nicht verlöschen. Er hatte damit die Befähigung, nicht nur das Heute zu erfassen. Er verstand nun auch, das Zukünftige zu beachten. Damit unterschied er sich von den

Tieren. Er war nun ein Mensch. Sein Handeln, herkommend aus der Natur, war fortan von seiner Möglichkeit des Denkens, was morgen sein würde, geprägt.

Er verlangte durch sein Überlegen deshalb von den anderen ihre Unterordnung und Abgabe der Arbeitsprodukte. Er selbst wollte nicht mehr arbeiten und forderte, dass die anderen an diesen Unbegreiflichen, mit ihm als seinen Boten, glauben mussten.

Welche Eigenschaften waren es nun, die sein menschliches Verhalten bestimmend steuerten?

Einmal wurde ja erkannt, dass die Menschen, erschaffen von der Natur, einen Antrieb zur Erhaltung ihres Daseins in sich hätten, der auch wirkt. Das ist der Trieb zur Selbsterhaltung sowie zur Fortpflanzung ihrer Art.

Doch kann man damit auch dieses zielgerichtete, ichbezogene Verhalten des Anführers dieser Horde erklären?

Dazu gibt es verschiedene Erörterungen: Eine ist die Triebtheorie aus den psychoanalytischen Erkenntnissen. Was ist ihr zu entnehmen?

Fangen wir mit deren Begründer Sigmund Freud, 1856-1939, an:

»Die Quelle des Triebes ist ein erregender Vorgang in einem Organ, und das nächste Ziel des Triebes liegt in der Aufhebung des Organreizes. Auf dem Wege von der Quelle zum Ziel wird der Trieb psychisch wirksam. Wir stellen ihn als einen gewissen Energiebeitrag, der nach einer bestimmten Richtung drängt. (…) Das Ziel kann am eigenen Körper erreicht werden, in der Regel ist ein äußeres Objekt eingeschoben, an dem der Trieb sein äußeres Ziel erreicht; sein inneres bleibt jedes Mal die als Befriedigung empfundene Körperveränderung.«

Auslöser ist also ein interner Reiz, der eine gewisse als unangenehm empfundene Triebspannung weckt. Diese Spannung weckt den Wunsch nach ihrer Verminderung durch Befriedigung am Triebziel, meist dem Objekt (vgl. n. Lit. 4a, S. 43f).

Dieses oben geschilderte zielgerichtete Handeln kann mit dieser Aussage aber nicht voll erklärt werden. Denn seine Vorgehensweise beinhaltete ja auch eine bewusste Überlegung. Doch die von S. Freud vorgenommene Beschreibung ist gut zu gebrauchen, dass ein erregender körperlicher Vorgang zu seiner Erfüllung in psychischer, seelischer Art durch menschliches Handeln realisiert wird.

Es ist ja grundsätzlich so, dass dessen Handlung mit einem Gefühl, einer Empfindung, dann dem Gedanken und deren Ausführung erfolgt. Das macht die menschliche Verhaltensart und -weise aus (vgl. Lit. 1a, S. 195).

Der Anführer erreicht es aber durch sein sicherlich seiner Selbsterhaltung dienendes, aber doch von ihm schon begreifendes, somit vom Denken gesteuertes Verhalten, seinem Wunsch, Interesse erfüllendes Bedürfnis stillen zu wollen. Es kann somit seine überzeugte, zuneigend betonte innerliche Spannung zu diesem Unbegreiflichen sein. Die Befriedigung seines Triebzieles, mit diesem vereint zu sein, ist die Erfüllung, dessen Botschaften zu verkünden. Gepaart mit der bestmöglichen Absicherung seines Daseins, seiner Selbsterhaltung, und dies in verlangender Weise gegenüber seinen, nun für ihn ungleichen Gruppenzugehörigen.

Ein nachfolgender Psychoanalytiker, es war Erich Fromm, 1900-1980, der dazu auch erklärte, dass beide Triebbedürfnisse, genannt auch Ego und Eros, in der subjektiven Handlung verbindend ihre Befriedigung suchen. Nun ist aber in der Vorgehensweise des Anführers ersichtlich, dass er nicht nur seinen Selbsterhaltungstrieb zufriedenstellen wollte. Sein Ziel war ja auch, gegenüber seinesgleichen eine ungleiche, von diesen abgehobene Rolle der Machtausübung zu verwirklichen.

Das selbsterhaltene und ichbezogene Verhalten kann beides eine triebbefriedigende Ursache haben.

Es sei nun aber eine gesteigerte Form des Selbsterhaltungstriebes. Bezeichnet als den gesellschaftlichen Narzissmus (n. Lit. 6a, S. 64ff u. S. 70ff).

Doch hier treten ja schon zwei Varianten im Handlungsvorgang des Hordenführers auf: Einmal die Erfüllung seiner Selbsterhaltung. Dann auch noch das Begreifen, dafür sorgen zu müssen, dass durch die erlernte Vorgehensweise eine Existenzabsicherung auch in Zukunft erreicht werden kann. Somit könnte es sich um die Kombination einer triebgesteuerten und einer vom menschlichen Bewusstsein überlegend gesteuerten Vorgehensweise handeln.

Diese Erkenntnis machte man dann auch nach etlichen Jahren, fortentwickelt aus den psychoanalytischen Erkenntnissen von S. Freud sowie E. Fromm und weiteren Theoretikern. In diesen wurde festgehalten, dass die »Verhaltenstendenzen im menschlichen Handeln von primären Trieberscheinungen wie Hunger, Durst, Sexualität, Angst, Aggression und Neugier hervorgerufen werden. Dann auch triebbefriedigend die sekundären, die als anschließende, machterreichende, leistungserfüllende Handlungen aktiviert werden. Man bezeichnet beides auch als triebbedingte Explorations-, Lernmotivation« (n. Lit. 1a, S. 303f).

Diese Kombination ist aber nur dann möglich

geworden, als die aufrechtgehenden menschlichen Wesen einen entsprechenden evolutionären Entwicklungsstand – zu denken und begreifend zu handeln – erreicht hatten. Dass dieser zu dem oben geschilderten Beispiel schon vorhanden war, konnte bis gegenwärtig noch nicht bewiesen werden. Die Beherrschung des Feuers, so wird angenommen, begriffen diese damaligen Urmenschen so vor ungefähr 700.000 bis 500.000 Jahren. Nimmt man diese Befähigung zur Grundlage, dann muss es in diesem Zeitabschnitt schon geschehen sein, dass diese Wesensart triebbedingt in seiner Selbsterhaltung und mit gekoppelt zielgeführtem Verhalten sich entsprechend vollzogen hat. Die in dieser Zeitspanne aufrecht Gehenden bezeichnet man als halb Tier-, halb Menschwesen. Nicht vollständig erforscht, als die Homoniden.

Es gibt noch eine weitere Theorie, die das Verhalten der Menschen aus ihrer ökonomischen Lebenssituation erklärt.

Sie besagt, dass es das Primäre der menschlichen Art ist, durch sein Begreifen erlernt zu haben, für seine Daseinserhaltung gezielt die Naturprodukte zu entnehmen und zu verwenden. Dieses erreichte er nur durch die bewusste Handlung seiner Kenntnisse über die Verwertung dieser Dinge. Er musste somit entsprechend handeln, bezeichnet auch als Arbeiten, Herstellen. Das ist seine existenzerhaltende wirtschaftliche Basis. Nach dieser ist alles andere, auch sein Trieb, seine Gefühle, seine Empfindungen, sein Verhalten bestimmt. Sein Da-Sein ist Grundlage für sein Bewusst-Sein. Diese Theorie entwickelten in näherer Begründung die materialistisch ausgerichteten Philosophen Karl Marx und Friedrich Engels (vgl. Lit. 6a, S. 120, i. d. Fußnote 1 beschrieben). Sie waren mit dieser so einflussreich, dass eine Zeit später weitere Gesellschaftsperspektiven entstanden, die man auch versuchte, real zu errichten (vgl. n. Lit. 3, S. 888ff, Begriff: Ökonomische Gesellschaftsformation).

Bei dem Anführer, exemplarisch sich zeigend in seiner gegenüber den anderen herausragenden Kraft und seiner zielgerichteten Handlung, mussten diese beiden Verhaltensweisen schon vorgelegen haben. Er verstand es ja, dass andere eine Arbeitsleistung zu erbringen hatten, damit er sich selbst erhalten konnte. Das Dasein, auch wenn es von den anderen aufgebaut wird, schafft die Erfüllung seiner Selbsterhaltung.

Fasst man alle diese Theorien und daraus resultierenden Erkenntnisse zusammen, so kann man festhalten, dass die Menschen als Produkte der Natur triebgesteuert, in ihrer Evolution dann auch mit ihrem Bewusstsein handelten, und dass alles grundlegend in der Ausführung vom Zustand ihrer ökonomischen, wirtschaftlichen Situation sich weiter vollzogen und ereignet haben musste. In Erkenntnis, dass es möglich ist, beide Theorien zu verknüpfen.

Doch wie verlief nun alles Weitere, herholend aus der Vergangenheit, festhaltend die Gegenwart und mit einem winzigen Aufzeigen, was die Zukunft bringen könnte?

Dazu folgt die weitere Fortsetzung dieser Erzählung.

2. TEIL

Erdenkinder, dürft ihr noch bleiben?

Paradies auf Erden

Der quälende Hunger überkam es, dieses vierbei-nige Lebewesen, wieder. Es musste, um zu überle-ben, Beute machen. Begab sich in der Morgen-dämmerung eines aufkeimenden Lichtes auf die Jagd nach weichem Fleisch und warmem Blut. Sein natürlicher Antrieb ließ es hinschleichen zu den Wesen, die sich in der Graslandschaft in Gruppen niedergelassen hatten und sich schon auf den Bei-nen und Füßen stehend aufrichten konnten. Denn dort war es immer wieder leicht, gut sattmachende Fleischesbeute machen zu können. Es umschlich, sich vorsichtig nähernd, eine Gruppe, von der sich ein weibliches Wesen etwas entfernt hatte, um die umliegenden Beeren von den Sträuchern zu pflü-cken. Mit einem gewaltigen Sprung war es über ihr und zerfleischte sie, um sie dann zum Verschlingen in die Büsche zu zerren.

Die anderen Wesen schreckten durch die Geräu-sche des Überfalls auf und flüchteten nach innerli-chem Gefühl auf die nahegelegenen Bäume. Einige andere überwanden ihre tiefe Angst, griffen nach den auf der Erde liegenden Steinen, setzten sich gegen den Räuber mit Steinwürfen und Schreien zur Wehr. Sie schleuderten mit großem Mut so lan-ge Steine gegen diesen, sie töten Wollenden, bis er, vorsichtig wie er war, sich ohne seine Beute zurückzog. Die anderen hatten gelernt, dieses sie vernichten wollende Wesen in die Flucht zu schlagen, erfuhren dadurch, ihren Fluchttrieb zu überwinden und den Willen zu stärken, Widerstand mit dem Gebrauch ihrer Hände und Arme zu leisten.

So geschah es dann, dass sie durch ihr Begreifen erreicht hatten, zu überleben. Dass sie den körperlich Stärkeren durch ein gezieltes Handeln vertreiben konnten. Dass in dieser Umgebung, wo nach ewigem Gesetz der Stärkere den Schwächeren zerfleischt und verschlingt, nicht um zu töten, sondern um leben zu können, man anders handeln muss. Es war wie ein Aufrichten, der Vernichtung Einhalt zu gebieten, um sich auch so besser in seiner eigenen Daseinserhaltung behaupten zu können.

Befähigt zum Handeln vor 40.000 Jahren?

Diese nun sich weiter entwickelten Wesen, bezeichnet als Neumenschen, gingen aufrechter als vorher aus diesem Kampf hervor. Sie betrachteten sich und probierten aus, ob sie mit ihren Armen, Händen etwas tasten, begreifen und formen konnten. Suchten weiter nach für sie schmackhaften Dingen. Fanden dazu Pflanzen, Früchte und versuchten, auch das rohe Fleisch und die weicheren Eingeweide von anderen toten Wesen in sich aufzunehmen. Sie zogen mit kleinem Anhang über das weite Land. Ließen sich gemeinsam dort nieder, wo es viele Beeren und Früchte gab; auch wo man viele kleinere Lebewesen fangen konnte. Rasteten und schliefen dort und zeugten immer wieder ihre jungen Wesen. Dann begriffen sie auch, dass man mit gefundenen handlichen Gegenständen Hilfsmittel erhielt, die ihnen, wenn man sie formte, für ihr Dasein benötigten Dinge gut dienen konnten. Auch zum Töten und Verschlingen anderer Wesen entwickelten sie durch die Herstellung ihrer Hände Gebrauch diese notwendigen Gegenstände.

Jäger, Sammler, Sesshafte – Feuer durch Reiben

Unheimlich blieb für diese Wesen nur das grauenhaft wirkende Dunkel über ihnen. Das sich in rasender Bewegung über ihnen auftürmte und sich dann in einem sehr langen, kräftigen Lichtstrahl und einem furchterregenden Schlag entlud, in das Erdreich grub und alles vernichtete. Es war nicht zu begreifen, was dies sein konnte. Wenn sie sich diesem Unbegreiflichen näherten, wurde es sehr heiß, und der Atem stockte ihnen. Alle Wesen flohen vor ihm, und man hörte Laute von ihnen wie Don, Dona, Donar oder ähnlich.

Sie, ein weibliches Wesen, war es wohl, die sich in die Nähe dieses Unbegreiflichen heranwagte, ihre Angst überwand und nach einem Ast griff, der am anderen Ende dieses Heiße lodern ließ. Sie legte es nieder und bedeckte es mit weiteren herumliegenden Zweigen und Ästen. Das Heiße pflanzte sich darin fort und strömte eine wohltuende Wärme aus, wenn man ihm nicht zu nahe kam. Sie, eines der weiblichen aufrechtgehenden Wesen, spießte dazu an einem spitzen kurzen Zweigende ein hartes Stück Fleisch auf, hielt es in das wärmende Lodernde und nahm es in den Mund, um es zu verschlingen. Sie spürte, dass es sich leichter mit den Zähnen zerkauen ließ. Auch ihre Ängste vor diesem heißen Etwas wurden ihr damit genommen. Sie gab dann durch Laute den anderen zu verstehen, dass es Fei oder Feu, Feuer genannt wird.

Viele in der Horde verehrten sie deswegen sehr, da sie als Lebewesen eine Verbindung zu diesem angsterregenden, züngelnden, alles verschlingenden nicht zu Begreifenden besaß. Sie gaben ihr mit ihren erworbenen Lauten den Namen Gai oder auch Gaia.

So zogen sie umher. Immer auf der Suche nach

Dingen, die zum Stillen ihres Hungers notwendig waren. Nur dieses lodernd Heiße konnte auf ihren Wanderungen nicht mitgenommen werden. Es erlosch irgendwann. Da sie nun schon die Fähigkeit besaßen zu überlegen, kam ihnen der Gedanke, dass einige von ihnen an dem Ort ihres Ausruhens bleiben sollten, um nicht dieses von ihnen genannte Feuer verlöschen zu lassen. Sie teilten sich auf. Einige gingen sammeln, aber auch andere Wesen zu jagen und zu töten. Sie hatten mit der Zeit erlernt, schlanke längere Holzstangen mit einem spitz zulaufenden Stein an deren Ende anzubringen, die sie tief in die Körper der von ihnen zu verfolgenden tierischen Wesen stoßen konnten, um sie damit schnell zu töten. Damit fühlten sie auch ihre überragenden Kräfte, mehr als die meisten um sie herum lebenden Wesen. Es gab ihnen das Gefühl, anderen überlegen zu sein, andere beherrschen zu können.

Ihre Beute brachten sie erfolgreich zu ihrem Sammelplatz. Sie wurde unter Anwendung des Feuers gemeinsam verzehrt und auch verwendet, verarbeitet. Die stärkeren Wesen übernahmen das Sammeln oder meist das Jagen. Die schwächeren blieben an ihrem Sammelplatz, um das Wärmende zu erhalten. Um dieses so gut zu gebrauchende Heiße mit eigener Fähigkeit zu entfachen, fanden einige sodann heraus, durch das Reiben eines brennbaren Gegenstandes auf einem Stein eine Flamme zu entfachen. Das war ein Segen für alle. Sie waren nun nicht mehr auf dieses angsteinflößende Unheimliche, das von oben herab donnerte, angewiesen. Das Reibfeuer war damit erfunden.

Immer wieder hatten sie beim Umherstreifen an den Waldrändern auch die Blütensamen, die Körner der Gräser und anderer Pflanzen eingesammelt, die sie mit zu ihren angestammten Aufenthaltsorten brachten. Diese aßen sie auch. Es fielen immer wieder welche auf die Erde und fingen an, wenn die Sonne wärmer schien, in der feuchten Erde zu keimen und zu wachsen. Ein weibliches Wesen sammelte eine Handvoll der Körner. Neugierig, wie sie von Natur aus war, legte sie diese auf einen flachen großen Stein und zermalmte die Samen mit einem von ihren Händen geführten anderen Stein. Dann befeuchtete sie das fein Zerstampfte mit ihrem eigenen Speichel, sodass daraus eine breihaltige Masse wurde. Gab den vor Hunger sie umdrängenden kleinen Wesen davon. Es schien ihnen gut zu bekommen.

Auch fanden sie heraus, dass man mit der Fähigkeit, reibend eine Flamme zu entzünden, aber auch mit dem Einsammeln und Verwenden der Graskörner nicht mehr umherziehen musste.

Dabei fühlte sie, diese Mama, in sich hineinhorchend, in ihrem Unterleib sowas wie einen keimenden Samen wachsen. Eine Sehnsucht nach ihrem, zur Jagd ausgegangenen, männlichen Wesen überkam sie dabei. Flüsternd in sich gab sie die Laute von sich wie Mana, Mani, Mann von sich. Und als das Helle des Tages zu verblassen begann, kam die Gruppe der Jäger, beladen mit Beute aller Art, zurück. Sie versuchte, in ihrem Sehnen nach ihm, den Geruch ihres Jägers einzufangen. Doch er war nicht unter ihnen. Er tauchte nicht auf. Da hatte sie das seltsame Gefühl und erinnerte sich, dass er am Morgen, als die Helligkeit sie erweckte, noch bei ihr war. Ihr Denken gab ihr die Nachricht des Begreifens darüber, dass es etwas gegeben haben musste, was jetzt nicht mehr war. Aber vielleicht mit der empfundenen Hoffnung, dass er morgen wieder mit der Gruppe auftauchen würde. Erwartend dann, die zu hörenden Laute wie Ana, Ama, Mama oder so ähnlich aus seinem Munde zu vernehmen. Nichts dergleichen geschah, und ein anderes männliches Wesen hatte ein Verlangen nach ihr, dieser Ama oder auch Mama.

Es trat dann ein, dass sie sich in Schmerzen niederkniete und ein winziges kleines Wesen zur Welt brachte, es gebar. Dieses auch gleich hinstrebte zu ihren Brüsten, um die warme Milch in sich aufzusaugen. Die Zeit der eisigen Kälte war aber angebrochen und das Neugeborene erstarrte, trotz der warmen Milch seiner Mama, zu Eis. Mama hatte aber darüber noch keine Traurigkeit in sich, denn sie begriff nicht, dass dieses, welches nicht mehr war, auch für immer ein Ende bedeutete. Ihr Verlangen nach dem Sammler und Jäger spürte sie aber weiter in sich.

Der Jäger, der immer wieder nach ihr verlangte, war einer der Stärksten und Geschicktesten in der Gruppe. Andere deuteten ihm dies auch an. Er war fähig, die von ihnen zu erbeutenden Lebewesen mit Farbe an die Höhlenwände zu malen. Die anderen umringten ihn dabei freudig, tanzend, und es bedeutete für sie, in Staunen verzückt, dass man diese Lebewesen bei der nächsten Jagd sicher erbeuten werde. Das bewahrheitete sich auch häufig. Er wurde dadurch und wegen seiner geheimnisvollen rhythmischen Tänze der von diesem Unfassbaren auserwählte Bote. Davon waren die meisten der Horde überzeugt und verehrten ihn als ihren Anführer.

Die weiblichen Wesen, auch in ihren Zuneigungen nach ihm, bereiteten weiter die Nahrung aus dem Körnerbrei und dem Tierfleisch an der Feuerstelle zu. Suchten aus den gesammelten Körnern die größten heraus und pflanzten sie, wenn die Zeit mit der Wärme anbrach, in die Erde ein. Die Blütensamen waren beim Einsammeln größer und schmackhafter geworden. Das wiederholten sie immer wieder in ihrer weiteren Lebensphase, und einige andere aus der Gruppe schlossen sich ihrer Tätigkeit an. Man blieb nun am selben Ort. Baute sich Unterkünfte aus Ästen, Laub, Gras und Erde. In diesen wohnten die weiblichen Wesen mit ihren jungen Lebewesen sowie mit den Altgewordenen zusammen.

Auch wenn immer wieder eine Hingabe und ein Verlangen zwischen den weiblichen und männlichen Wesen aufkamen, so wohnten die Männer nicht in denselben Behausungen. Blieben unter sich. Sie verstanden aber nun auch immer mehr, mit den Dingen um sie herum satt zu werden. Lernten, sich eine eigene menschengemachte Welt aufzubauen.

Es wurde dann auch viel, viel später als die Geburt der menschlichen Sesshaftwerdung, als Kultur bezeichnet. Dieser Begriff leitet sich aus dem Lateinischen »colere« ab. Es ist die menschliche Befähigung, die Sachen, Gegenstände in seinem Sinne, vor allem für seine Lebensnotwendigkeit zu verändern, gestalten und aufzubauen (vgl. Lit. 3, Bd. 1, S. 684).

Der starke Jäger, der Anführer, war dabei der Begehrteste in der Horde. Er hatte dazu großen Erfolg, führend mit anderen große Tiere zu jagen und zu töten, sodass über lange Zeit alle davon reichlich satt werden konnten. Vor seinen an die Felswände gemalten Tieren führte er berauschende Tänze vor. Die anderen glaubten dadurch verzückt, dass die nächste Jagd noch weit mehr Nahrung für sie bringen werde. Es geschah auch so, und ihr Anführer wurde noch mehr geachtet, denn er musste, und davon waren alle überzeugt, mit einem über ihnen Wachenden, nicht für sie fassbaren Wesen in Verbindung stehen. Das Verlangen dieses von allen verehrten Anführers, mehrere der Mamas für sich zu haben, wurde immer wieder erfüllt. Doch es waren auch einige, denen dies nicht gefiel. Sie wollten das nicht, da sie genauso gut gemeinschaftlich und gleich für alle Sorge tragen wollten.

Die Menschen erkannten ihre Unterschiede im Zusammenleben.

Mama wird verschlungen

In seinen berauschenden Tänzen verkündete der Anführer überzeugend, dass diese Mama zwar seiner Sehnsucht Erfüllung brachte, doch von dem

Unbegreiflichen als seine ihm Gehörige versprochen wurde. Sie gehöre ihm! Sie solle nicht mehr unter ihresgleichen sich aufhalten. Seine Getreuen fingen daraufhin diese Mama ein. Sie wehrte sich vergeblich, wurde durch kraftvolle Arme gebunden und für ewig dem auf dem Tanzplatz lodernden Feuer übergeben. Der Anführer gab über singende Laute den anderen zu verstehen, dass ihre nun aufsteigende Wärme in ihn geflossen sei, zur immerwährenden Hingabe und Stillung seines Verlangens, im Einvernehmen mit diesem Unfassbaren. Mit ihr, in sich, konnte er auch voraussagen, ob dieser Unfassbare der Gruppe weiterhin genügend Nahrung in der kommenden Zeit geben werde. Da er mit dem Dasein und Jenseits in Verbindung stand, nannten sie ihn in Lauten hervorstoßend, tanzend um das Feuer, nicht nur ihren Führer, sondern auch ihren Typhon, ihren gesandten Wirbelsturm.

Die getrennten Behausungen von Männern und Frauen, wie die Lebewesen sich nun nannten, wurden aufgehoben. Die Männer konnten sich mehrere Mamas nehmen. Sie auch besitzen.

Dieser Typhon verstand es als Bote des Unfassbaren, den anderen dessen Prophezeiungen mitzuteilen. Sie durch die Vorhersagen zu lenken. Sie in ihrer Angst irdisch Einhergehender, dessen was nicht begreifbar ist, glauben zu lassen, dass man die weiblichen Wesen, da sie schwächer waren, seinem Besitz einverleiben kann.

Daraus wird die Ungleichheit unter den Menschengeschlechtern aufgezeigt. Psychoanalytiker leiten diesen Zustand daraus ab, dass in dem Streben der Sicherung seines Daseins der Einzelne durch Handlungen aggressiver, auch sexueller Art, geneigt ist, Herrscher, sogar auch Zerstörer anderer zu sein (vgl. Lit. 1a, S. 438 Selbsterhaltungstrieb, S. 438, S. 503).

Gaia als Gottes Tempel

Die Saat ging weiter auf. Die menschlichen Lebewesen streuten immer mehr dieser Körner in die Erde. Entwickelten und bauten Geräte zur Bearbeitung ihrer Äcker, wie sie dieses Stück Erde nun bezeichneten. Lernten, es mit dem weichen Nass aus der Ebene zu besprühen und ernteten immer reichlicher die Blütenkörner, die Ähren, um daraus ihre notwendige Nahrung herzustellen, welche sie in ihrer immer weiter entwickelten Sprachfähigkeit Ema oder auch Emmer nannten. Das heißt so viel wie tägliches Brot. Sie blieben auch damit die meiste Zeit ihres Daseins an ihren Sammelplätzen. Zogen nur dann weiter, wenn ihre Nahrung zum Leben nicht mehr ausreichend vorhanden war.

Mit dem, der dieses Unfassbare herbeirufen konnte, erfuhren auch die anderen, dass es etwas gibt, das gestern war, das jetzt ist, und dass es auch etwas gibt, das morgen sein wird. Sie hörten auf seinen berauschenden Gesang, dass sie das, was morgen sie satt machen werde, sie schon heute, jetzt befolgen müssten. So überzeugte er die anderen. Er lehrte sie, dass das, was sie in diese, immer da seiende Erde, die Gaia, einpflanzten, durch seine Weissagungen wohlwollend wachsen werde. Das bringe allen eine reiche Ernte ein. Ihren Typhon könnten sie nur gnädig stimmen, wenn sie ihm, als seinen Boten, die Gaben brächten, die er dann, da er in Verbindung mit diesem Unfassbaren stehe, an diesen weitergeben werde. Das Vorhergesagte geschah auch meistens so, wie angekündigt.

Auch lernten sie, jetzt Stammeshörige genannt, weiter hinzu. Sie erzeugten neue Pflanzen und Gräser, die immer mehr und größere Körner und Früchte hervorbrachten. Andere unter ihnen entwickelten immer bessere Gegenstände als Werkzeuge, mit denen die Äcker bearbeitet werden konnten. Auch die Hilfsmittel zum Jagen und Töten wurden immer besser. Sie ehrten ihren Führer und überhäuften ihn mit allem, was sie geerntet hatten. Ihr

Führer selbst brauchte dazu nichts mehr beitragen. Er ließ sich von ihnen auch eine große Unterkunft bauen, um mit dem Unfassbaren besser in Kontakt zu kommen. Dazu wurden andere zu seinen Helfern, seinen Priestern, in dieser reich ausgeschmückten Behausung, die man auch Tempel nannte. Zur feierlichen Kontaktaufnahme mit dem Unfassbaren, aber alles Bestimmenden, legten sie Gaben auf einen erhöhten Stein. Es waren Erträge ihrer Felder und auch lebende Wesen, die dort geopfert wurden. So erlebten es dann viele der Hörigen, dass dadurch vieles für sie besser wurde. Es untermauerte ihren demutvollen Glauben an das, was unbegreiflich blieb.

All dies muss so vor ungefähr 12.000 Jahren seinen Beginn gehabt haben.

Auch wenn sich das vorherig Erzählte nicht genauso zugetragen haben sollte, zeigt es aber auf, dass der Einzelne, wenn es ihm gelungen war, seine innerlichen Neigungen so zu verwirklichen, sogar bewusst und gezielt einen anderen, in seinem Machtstreben Konkurrierenden, beseitigte, ihn sogar tötete. Dieses wurde auch von Erich Fromm in seiner Theorie als »rachsüchtige Gewalt« erörtert (vgl. Lit. 6a, S. 19-33, speziell S. 22).

Ablösung des Gottesfürsten

Am Morgen, als alle, beendend ihre Nachtruhe, wieder die Gestaltung des Tages beginnen wollten, sahen sie, nicht weit entfernt, sich eine graue mächtige Mauer auftürmen, die, für alle beängstigend, sich auf sie zu wälzte. Sie spürten ein Unheil, und dann brach es über sie herein. Rasend schnell überrollte es die Gemeinschaft. Verwüstete und vernichtete alles, was ihr im Wege stand. Belebtes und Unbelebtes. Bis es zu dieser erhabenen Behausung, dem Tempel, kam. Es war eine gewaltige Kriegerschar. Der Typhon und seine Gefolgsleute wurden eingefangen, gefesselt vor die Gemeinschaft gezerrt und mit harten, spitz zulaufenden Gegenständen getötet, sodass sich die Erde in ein flüssiges Dunkelrot verwandelte. Aufgenommen von dieser, vielleicht für immer begraben oder doch wieder aufkeimend, um zum neuen Leben erweckt zu werden. Das wird sich alles aus dem weiter Folgenden ergeben.

Dann übertönte sie eine laute, raue Stimme, die ausrief, dass ihr Typhon nun nicht mehr ihr Anführer und Vermittler sei. Dass er einen anderen Unbegreiflichen, alles Wissenden, mitgebracht habe. Er nannte ihnen den Namen, der da lautete wie Assur oder Asch-Schur. Er sei die höchste Gottheit in dem, was über ihnen sei. Und sie müssten, so verkündete er ihnen, jetzt diesem noch Erhabeneren treu sein und ihre Arbeit verrichten, wie dieser es für richtig halte. Er sei derjenige, der mit diesem Unbegreiflichen verbunden sei und alle seine Weisungen als sein gottgewollter irdischer Herrscher an die Untertanen weitergebe. Wer sich diesem Neuen widersetze, müsse sterben, und auch das Leben seiner ihm Zugehörigen sei dann verloren und werde mit verschlungen.

In dieser Angst wurden weiter folgsam von allen die Felder bestellt, es wurde geerntet, gearbeitet und gejagt. Vor dem, was ihnen nicht begreiflich erschien, hatten sie große Angst und beteten es als das, welches über ihnen sei, an. Brachten ihm auch immer wieder ihre Opfergaben zur Abwendung allen Unheils.

Auch lernten sie, die aufbrechenden Halme mit Wasser zu erquicken, sodass diese sich im Licht kraftvoll entwickelten. Dazu verstanden sie, die Erde mit einem spitz verzweigten Baumstumpf für das Einbringen der Körner aufzulockern. Sie nannten diesen Gegenstand Pflug. Immer wiederholend suchten sie, nachdem sie die Körner und Früchte geerntet hatten, die größten heraus; hatten begriffen, diese zur nächsten Ausstreuung in die Erde wieder einzustreuen. Bei tiefstem Gehorsam, wie es ihr neuer Führer, dieser Gesandte dessen, was nicht begreifbar ist, verlangte, erwarteten sie eine immer höher gedeihende Menge an Körnern und Früchten und nannten es Ernte. Der Eroberer tanzte dazu in seinem Unterstand mit seinen Priestern um ein Feuer und nahm mit singenden, geheimnisvoll klingenden Lauten Verbindung zu diesem Assur auf. Es geschah dann auch, dass die Erträge immer höher ausfielen, und sie nannten ihren bis dahin geernteten Emmer nun auch Dinkel, Gerste, Weizen.

Die Verständigung untereinander mit Wortlauten und sogar Sätzen entwickelten sie stetig weiter. Ihre Äcker wuchsen zunehmend, und für die immer höher werdenden Ernteerträge verlangte ihr sich nun als Schah Genannter einen hohen Anteil, um damit sich und seinen Anhang, auch seine ihn beschützende Kriegerschar gut zu ernähren. Für den Kampf vorzubereiten. Diejenigen, die sich im Kampf am mutigsten bewiesen, waren für den Führer die Edlen und auch Adligen.

Hier kann man schon hervorheben, dass der Einzelne in seiner angestrebten Verwirklichung es verstand, seine Macht bewusst und zielgerichtet durch Herrschen und Teilen zu manifestieren.

Habende und Seiende

Furchthabend vor diesem über ihnen wirkenden nicht zu Begreifenden erschienen alle auf ihren Äckern, nahmen gehorsam ihre Arbeit auf. Da sie etwas in der Erde anbauten, nannten sie sich auch Bauern.

Doch waren sie erstaunt!

Ihr hochgepriesener Herrscher hatte seine Krieger zu ihnen gesandt. Sie wurden bei ihrer Arbeit von diesen nun überwacht. Es wurde ihnen befohlen, was zu machen sei, und auch, wann sie sich ausruhen durften. Arbeiteten welche zu langsam oder nicht gut, dann wurden sie von ihren Aufsehern bestraft oder noch schlimmer, wer die Arbeit verweigerte, den erschlugen sie vor allen anderen.

Ihr Bote des Assur, verehrt auch als Schah, verlangte nun auch, dass ihm seine Untertanen einen größeren und auch prachtvolleren Palast bauen mussten. Das verlange so der Unbegreifliche, dieser Assur, denn er wolle von ihm, zum Wohlwollen aller, einen größeren Opfertisch haben. Er habe ihm auch zuteil kommen lassen, dass man ihm eine gewaltige Unterkunft bauen soll, denn er sei nun eins geworden mit diesem Gott, der allsehend sei, alle bestrafen und alles verschlingen könne. Auch wenn der Tag komme, an dem ihn seine Füße nicht mehr tragen, werde er, weil sein gehorsamster Diener, aufgenommen in dieses unendlich unbegreifliche Prachtvolle, dieses Paradies, um von dort weiter über alle anderen, die ihm eigen seien wie sein eigener Leib, zu wachen, zu bestimmen. Auch über Leben und Tod, wie er es nannte.

Zu dieser Zeit war aber ihr Fürst doch noch voller Lebenskraft, und er befragte seinen Göttlichen in seinen Tänzen, ob er nicht mit seinen Kriegern andere Stämme, die nicht Asch-Schur untertan waren, erobern solle. Durch einen grollenden Blitz meinte er wohl, eine Antwort erhalten zu haben. Deutete diese so, dass er sich mit seiner Kriegerschar aufmachen solle, um andere zu besiegen, sie zu berauben, sie zu töten oder als Gefangene in sein Reich zu führen. So geschah es. Dort legte man den Verschleppten einen Ring aus kaltem, hartem Metall um den Hals. Sie mussten unter der Bewachung ihrer Sieger alle notwendigen Arbeiten leisten. Man nannte sie Arbeitssklaven. Dafür bekamen sie nur eine geringe Menge ihrer erforderlichen Nahrung zugeteilt, sodass sie ihre harte, schwer zu verrichtende Arbeit nicht lange überstanden.

Der Schah und sein Gefolge häuften sich immer mehr Reichtum an. Er wurde immer mächtiger und konnte dadurch seine Kriegerschar weiter vergrößern. Er und seine Gefolgschaft ließen sich noch größere und prächtigere Unterkünfte bauen und auch ein großes Versammlungshaus, um ihren Übermächtigen anzubeten. Sie benannten diese Stätte ihren Tempel, und ihr Anführer nannte sich Priesterfürst; und derjenige, welchen er erhaben anbetete, hatte ihm die Botschaft vermittelt, dass er von ihm in sein Reich, das Paradies genannt, aufgenommen werde und er dort ohne Leid und Qualen ein ewiges Leben erwarte.

Doch die Zeit lief ab. Und es trat ein, dass er sich nicht mehr aufrichten konnte. Doch er hatte noch, unter Androhung bei Verstoß seiner Befehle, die Botschaft erhalten, dass er für den Weg und die Aufnahme bei diesem Unbegreifbaren von jedem seiner ihm Dienenden den mitnehmen müsse, der als Erster das Licht der Gaia erblickt habe. In ihrer Furcht folgten viele diesem Befehl, der von diesem Allmächtigen sein musste. So ging der Priesterfürst mit einer großen Schar von Lebewesen und anderen Dingen, welche man zum Weiterleben brauchte, den Weg dorthin, wo dieser Unbegreifliche sein ewiges Paradies haben musste, wo es kein Zurück mehr gab, keinen Gang der lebenserhaltenden Airo, Luft, der Gaia, Erde, entgegen.

Aus der Gefolgschaft des Priesterfürsten erhob sich ein anderer, und dieser verkündete, dass ihn der geschickt habe, der alles, was ist, geschaffen habe. Er nannte ihn den Allmächtigen; es klang wie Sol oder auch Solaris.

Die Behausungen wurden immer größer.

Um den Tempel herum wurden Wohnstätten für die Gefolgschaft des Erhabenen gebaut. Auch Wirkstätten der Gefolgsleute, die Geräte für die Arbeit aus Holz, Metall und Erde herstellten. Die Bauern waren in Behausungen etwas außerhalb des Tempelzentrums untergebracht und auch die Behausungen der vielen Landarbeiter, die meist nach schwerer Arbeit dort angekettet die Dunkelheit verbringen mussten und zum Abend eine karge Mahlzeit erhielten. Die Zahl der Bewohner stieg aber immer mehr an. Diese Ansiedlungen nannte man Städte, und da sie von einem Priesterfürsten regiert wurden, kam das Wort Stadtstaaten auf.

In der Darstellung zeigt es sich, dass die übersteigerte Selbstverwirklichung, der Narzissmus, bestrebend so stark gesteigert wurde, dass eine gottgleiche Unsterblichkeit für den Herrschenden Realität werden sollte.

Reichtum durch Erfahrung

Das bearbeitete Land war vollkommen Eigentum des Priesterfürsten und seiner engsten Vertrauten.

Die Bewohner erkannten immer mehr ihre Fähigkeiten, zu lernen, sich Wissen anzueignen und auch dieses für ihr Dasein zu verwirklichen.

Sie erfuhren, dass regelmäßig dieses große fließende Wasser die Erde überschwemmte und sich dann wieder zurückzog. Diese nasse Erde war danach geeignet für ihren Anbau des Weizens, des Emmers, der Gerste und anderer Gewächse, deren Früchte sehr schmackhaft waren. Es gab folglich eine reiche Ernte, von der alle satt werden konnten.

Sie erfuhren aber auch, dass sich dieses nicht nach weiterem Zeitablauf immer wiederholte, und viele der Bewohner hatten dann nicht genügend Nahrung. Auch weil der Priesterfürst einen hohen Anteil forderte. Sie machten aber die Erfahrung, wenn sie ihre gezähmten Vierbeiner auf diese Erdflächen trieben, nachdem sie mit Gras bewachsen waren, bewirkten die Ausscheidungen der Tiere, dass nun die eingebrachten Pflanzen wieder gut gedeihen konnten.

Auch gelang es ihnen, weitere Arbeitsgeräte herzustellen, mit denen sie die Erde besser auflockern und auch besser die Getreidehalme und Pflanzen schneiden sowie auch von den Blüten absondern konnten.

Gefolgsleute des Priesterfürsten entdeckten, dass sich das immer wieder zur gleichen Zeit wiederholende Anwachsen und Abnehmen der hellen Scheibe im über ihnen unbegreiflichen Dunkel wiederholte, und sie nannten diese Zeit Monat und das hell Leuchtende dort droben auch Luna. Die helle Zeit war der Tag, und die dunkle Zeit die Nacht. Auch fanden sie heraus, dass man die Äcker als Erdflächen aufzeichnen, vermessen und auch berechnen konnte.

Doch blieb weiterhin die Angst der Bewohner, dass ihr Unbegreiflicher ihnen nicht gut gesonnen sei. Er über sie ihr Verderben, ihren Tod bringen könne. Vertrauten auf ihren Priesterfürsten, dass dieser Allmächtige durch ihn besänftigt und für sie wohlwollend gestimmt werde.

Dieser, prahlend mit seiner Macht, innerlich ge-trieben zum Beherrschen anderer, zog mit seiner Kriegerschar tötend und sengend über das Land. Tötete seine Widersacher, plünderte, zerstörte ihre Wohnstätten, machte aus den Gefangenen Arbeits-tiere, die im Schweiße ihres Angesichtes auf den hinzugewonnenen Feldern, in den Wirkstätten und zur Gewinnung des harten Gesteins arbeiten und die Nächte eingesperrt verbringen mussten. Er setzte als Aufseher dazu seine treu ergebenen Bau-ern ein, die dadurch, auch durch die angewachse-nen höheren Erträge, mit am weiterwachsenden Reichtum teilhaben konnten. Die Begreifenden teilten sich nun in Besitzende, welche nicht arbeiten mussten, und Arbeitende auf.

Die arbeitenden Menschen ertrugen dies alles, um sich nicht vor ihrem gottgesandten Priesterfürsten zu versündigen, denn sie hatten Angst davor, nicht von diesem, über allem Stehenden, in sein Paradies aufgenommen zu werden. Das war ja nun ihr ganzes Leben lang ihre Hoffnung gewesen. Auch trieb sie die Furcht, von ihrem Fürsten selbst mit dem Tode bestraft zu werden. Ihr Priesterfürst konnte sich nun selbst als der Unbegreifliche, ihr Gott darstellen; er erhielt immer mehr Macht. Vor allem lebten er und seine Gefolgschaft auch in ihrer Nahrungsaufnahme sehr maßlos. Sie erhielten von den Bauern viele Tiere zum Schlachten, und schwelgten im hohen Fleischgenuss, und ihre Gaben für ihren Unbegreiflichen waren sehr üppig. Dazu berauschten sie sich auch häufig mit einem Getränk, das Haoma genannt wurde. Das machte sie frei in ihrem Wesen, und sie tanzten in verzückten Bewegungen um ihre Feuerstätte und riefen dabei mit singender Stimme ihren Höchsten an.

Einige aus ihren Reihen fassten den Mut, traten vor und prangerten die Verschwendung an. Riefen auf zu einem arbeitsamen, tugendsamen, vernünftigen Leben. So auch mit- und nicht gegeneinander da zu sein.

Diese Weisheiten, so vor 2.600 Jahren, kamen aus dem fernen chinesischen Reich. Über das weite Land wurden ihre Worte, stammend von Konfuzius und Lao Tse Tung, verkündet und auch eingehalten. Sogar die nachfolgenden Philosophen, auch die gottgleichen Herrscher, nahmen sich dieser Ansichten an, bis ein anderer großer König mit seinen Kriegern alles niedermetzelte, tötete und sich zum neuen noch mächtigeren Eroberer erhob. Seinen größten Widersacher, den Perserkönig Darius, vernichtend, eroberte er mit seinen Heerscharen ein Riesenreich. Verstand es auch gut, überall dort seine Vasallen regierend einzusetzen. Weitere Länder erobern wollend, überfiel ihn aber selbst ein Fieberwahn, dem er erlag. Man nannte ihn später ehrerbietend Alexander den Großen, König von Makedonien. Durch die konkurrierende Habgier seiner Nachfolger untereinander zerfiel dieses Riesenreich in kürzester Zeit.

Großreich der Gottfürsten

Dieses Spiel um die Macht, auch wie Gott unsterblich zu sein, vollzog sich immer wieder. Gottesherrscher wurden vernichtet, andere erhoben sich zu diesen. Es ist wohl die Neigung der menschlichen

Wesen, wie getrieben andere beherrschen zu wollen, Widersacher auszulöschen, um damit unsterblich für ewig erscheinen zu wollen.

Die zahlenmäßig große Schar der Arbeitenden ließ sich auch durch ihre Furcht überzeugen, ein gottgefälliges, arbeitsames Leben führen zu müssen. Es war in ihnen wie ein sich nie zu verwischendes Brandmal, so zu handeln: Gebt dem Herrscher, was dem Herrscher ist, Gott, was Gottes ist! Was dann noch übrig bleibt, gebt den Arbeitenden, um dem Verhungern zu entrinnen. Das Ideal »Demut« auch mit anderen zu teilen, wurde immer häufiger aufgegriffen. Ein dann in späterer Zeit umherziehender Wanderprediger mit dem Namen Zarathustra, wie berichtet wurde, setzte sich schon hinweisend dafür ein, dass diese Lebensideale für Herrscher und Untertanen gleich gelten sollen. Von vielen wurde es aufgegriffen, um ein besseres Dasein erlangen zu wollen. *Liebe deinen Nächsten wie dich selbst* sollte verbindend mit der Selbsterhaltung und dem Begreifen von da an sich immer weiter ausbreiten.

Da sie denkende, begreifende und handelnde Wesen waren, nutzten sie dieses und erfanden und bauten immer weiter die Gebrauchsgegenstände aus, welche für ihr Leben notwendig waren. Da ihnen allen gemein war, nicht des Hungertodes zu sterben, entwickelten sie den Ackeranbau immer mehr. Wo sie Wasser zum Gedeihen der Pflanzen brauchten, bauten sie Wasserrinnen und Schöpfgeräte zum Bewässern. Sie entwickelten bessere Pflanzen- und Fruchtarten. Sie entwickelten die Geräte zum Auflockern der Erde weiter und sie hielten sich vermehrt vierbeinige Lebewesen zu ihrem Nutzen. Ihre Unterkünfte wurden immer stabiler ausgebaut. Sie lernten mit der Anwendung des Feuers Gegenstände zu erzeugen, die härter waren als die Erde, aus der sie gewonnen wurden.

Einführung der antiken Demokratie

Die Menschen, wie sich die aufrecht gehenden Lebewesen nun nannten, erlebten und verstanden, dass ein sicheres Existieren auf der Erde nur durch die Arbeit vieler erreicht werden konnte. Sie machten deswegen mit ihren jetzt schon riesigen Kriegerscharen nicht nur Eroberungen, um viele lebenswichtige und auch für sie kostbare Sachen zu rauben.

Nein, es war nun sehr wichtig für sie, ihre besiegten Gegner nicht zu töten, sondern sie als Gefangene in ihr Land mitzunehmen, wo sie als notwendig Arbeitende an die Herrschenden und ihre wohlhabenden Gefolgsleute verkauft wurden. Sie nannten diese Sklaven, welche gleich den Tieren kein Recht auf eine Lebensexistenz hatten.

In dieser Zeit entwickelte sich auch die lauthafte Verständigung unter den Menschen weiter. Sie nannten dies Sprache und Schrift. Dadurch hatten viele der sonstigen Bewohner den von ihrem Inneren gefühlten Drang, über die Entscheidungen, die man für das Zusammenleben benötigte, mitentscheiden zu wollen. Man fand Verbündete. Diese wählten aus ihrer Mitte ihre wortbegabtesten Vertreter, die dann zu den immer wieder abgehaltenen Versammlungen gesandt wurden. Diese bezeichnete man als demokratische Volksversammlungen, genannt auch Demos. Der Gottesfürst wurde eingesetzt durch gewählte Versammlungsvertreter. Vielen der Menschen, die man als Unfreie betitelte, wie Bauern, Handwerker, Fremde, Frauen, Sklaven, wurde die Teilnahme an diesen Versammlungen verwehrt, da sie als minderwertige Lebewesen nicht als Menschen, sondern wie Sachen betrachtet wurden.

Da man nun auch schon in der Schriftsprache vieles berichten konnte, wurde diese Ausschließung dieser Nichtmenschen, dieser Barbaren, auch glaubhaft für viele andere dargestellt. Auch wurde noch vieles, welches unbegreiflich und nicht erklärbar erschien, so gedeutet, dass es nur von einem Göttlichen mit seinen unzähligen Nebengöttern herrühren konnte.

Der Tätigkeitsdrang, zu planen, zu arbeiten, nahm trotz aller gemeinschaftlichen Hindernisse nicht ab. Er entwickelte sich immer weiter aus den gemachten Erfahrungen. Durch das Fühlen, Denken und Sprechen des Schreibens nun kundig, wurden die Kenntnisse als Geometrie, Physik, Mathematik und auch Philosophie bezeichnet. Man baute mit dem gewonnenen harten Erdgestein, genannt Metalle, Geräte, mit denen man die Erde zur Aussaat der Getreidekörner besser auflockern konnte. Sie wurden als Pflüge bezeichnet. Auch andere Geräte wie Spaten, Hacke, Gabel, Sense, Dolch und auch Schwerter wurden aus dem harten Stoff hergestellt. Die Arbeitenden, denen es erlaubt war, fuhren mit ihren erzeugten Produkten in die Städte und boten diese regelmäßig an bestimmten Orten, genannt den Märkten, anderen zum Kauf an. Man konnte diese Sachen nun auch mit den hergestellten flachen, rundförmigen Metallteilchen erwerben. Auf einer ihrer Seiten war meist der Kopf des Herrschers zu sehen. Es wurde als Münze oder auch Geld bezeichnet.

Es gab aber auch Menschen, die sich immer größer werdende Ackerflächen entweder durch Schenkungen oder Kauf, auch durch Wegnahme oder Raub aneignen konnten. Sie wollten immer größere Macht ausüben und erreichten, dass aus der Demokratie wieder ein Reich mit einem mächtigen Herrscher wurde. Sie verlangten aber eine Mitsprache im Kreise des Höchsten und nannten sich deswegen Republikaner, also Mitredende. Der Höchste errang mit der Zeit absolute Macht und wurde als Kaiser, Cäsar, verehrt. Er bestimmte über alles, seine Kriegerschar, seine Gefolgs- und Priesterschar, über Recht, über sein Land und die dort lebenden Menschen. Da er nun der Höchste war, der dem Unbegreiflichen am nächsten stand, konnte er auch überzeugend kundtun, dass alle nur einem einzigen Allmächtigen und nicht vielen dieser Götter sich untergeben sollten, und es entstand ein Cäsarenreich, in welchem nur ein Göttliches verehrt werden sollte.

Einer unter den Menschen, genannt Jesus, fand aber auch Anhänger auf der Erde, denn er teilte mit, dass man nicht nur an sich selbst denken sollte, sondern auch an die Sklaven, Aussätzigen, Kranken, Frauen als seine Nächsten wie sich selbst lieben soll. Es hieß auch, dass ihn dieser höchste Göttliche auf die Erde gesandt habe und er aus dem Schoße einer Mutter Gottes zum Leben entstanden sei und dadurch für ewig unter den Menschen, in ihrem Glauben weilen werde. Im Lebensinhalt eines Glaubens an ein himmlisch Göttliches, in der Hoffnung auf ein Weiterleben nach dem irdischen Tod in diesem Paradies und der immerwährenden Liebe zu Gott, aber auch seinen Mitmenschen. Einzelne Cäsaren ließen sich nach langer, blutiger Verfolgung dieser Christenanhänger, wie sie sich nannten, auch davon überzeugen, vielleicht aus ehrlichen Motiven oder auch berechnend zu ihrem Machterhalt. Denn sie erhielten dadurch noch mehr Zuspruch von denen, die durch ein Leben der Nächstenliebe und ihrer göttlichen Demut daran glaubten und hofften, wenn sie die Erde nicht die Gebote verletzend, untertänig verließen, dann würden sie in dieses herrliche Paradies gelangen.

Denn es stand auch geschrieben: »Gebt dem Kaiser, was des Kaisers ist, und Gott, was Gottes ist.« Daraus überzeugend stand aber die Eigenliebe des Mächtigsten vor der so herbeigesehnten Nächstenliebe.

Die Cäsaren, denkend, aber auch getrieben von ihrem Macht- und Unsterblichkeitsstreben, erfahrend auch das Unterwerfungsverhalten der anderen Menschen, führten ihre kriegerischen Eroberungen weiter, um die Mächtigsten auf dieser Erde zu werden und zu sein. Auch waren sie der Überzeugung, dass durch jeden gewonnenen Krieg ihr

Unfassbarer, nun ihr Gott, sie wohlwollend unterstützt habe. Auch viele ihrer Untertanen wurden davon überzeugt.

Gaia, die Erde kühlte ab. Es wurde auf ihr immer kälter. Das Licht spendete nicht mehr die notwendige Wärme, um das Leben auf den Feldern gedeihen zu lassen. Es zogen riesige Menschengruppen weg, um in ein Land zu kommen, wo es für alle genügend zu essen, Nahrung, wo auch das Licht ihnen und allen, die es brauchten, die ausreichende Wärme abgab. So begann eine langdauernde Zeit, genannt die Völkerwanderung. Die Menschen, die an diesen wohllebenden Orten sich schon niedergelassen hatten, wehrten sich meist gegen diese Fremdlinge, diese Eindringlinge. Sie versuchten sie mit ihrer Kriegerschar zurückzudrängen oder auch zu vernichten. Nicht immer gelang es ihnen, und wo die fremden Menschen bleiben konnten, sesshaft wurden, vermischten sie sich und bauten wieder göttliche Reiche auf, mit einem irdisch und überirdisch Höchsten, mit einer treuen Schar von Gefolgsleuten, die dadurch eine sichere Existenz hatten und wo die riesige Schar anderer auf den Feldern, in den Werkstätten und Bergwerken alles Notwendige zum Leben erarbeiten mussten. Doch immerhin, sie nannten es, ihre Heimat gefunden zu haben. Auch diese vergrößerten sie in ihrem Kampf der Existenzerhaltung durch die Vernichtung größerer Waldgebiete für lebenserhaltende Anbauflächen. Sie fanden heraus, den Pflug zum Aufbrechen der Erde nicht mehr eigenhändig ziehen zu müssen, sondern ihre vierbeinigen starken, gezähmten Tiere davorzuspannen. Auch lernten sie, all ihre Felder nicht jedes Mal, wenn die Wärme kam, mit den Körnersamen zu befruchten, sondern ließen einige Streifen brach liegen, und wenn das Grün auf ihnen wuchs, trieben sie ihre Nutztiere auf diese, die dann mit ihren Ausscheidungen die Erde wieder nutzbarer zur Aussaat ihres Getreides, wie sie ihre Pflanzen nun nannten, machten.

So zeigt es sich auch hier, dass das Finden einer Heimat dahingehend gebraucht wird, auch seine Heimat erleben zu wollen.

Der Kampf unter den Mächtigen tobte aber weiter.

Dazu strebten sie an, mit diesem Unbegreiflichen, diesem über Wohl und Wehe Bestimmenden, gleichgestellt zu werden oder wenigstens sein auserwählter Botschafter zu sein.

Sie zogen mit ihrer Kriegerschar, genannt auch Heer, über die Erde. Eroberten, töteten, vernichteten andere, um sich dann als Beherrscher dieser Länder krönen zu lassen. Von den Arbeitenden verlangten sie untertänigste Hörigkeit, hohe Abgaben aus den erarbeiteten Erträgen und auch, dass sie sich als ihre Soldaten an den Kriegszügen beteiligen mussten. Dass die große Schar der Arbeitenden zu ihrer Lebensexistenz auch die Erträge benötigten, wurde von den Herrschenden meist als nicht wichtig angesehen, denn es waren ja Untertänige und keine gleichwertigen Lebewesen. Auch wurde ihnen abgesprochen, verboten, sich nach eigenen Überlegungen entscheiden zu können, da sie ja die Unfreien, des Herrschers Leibeigene, waren.

Bauern, Werker, Arbeiter, Bürger

Die Hörigen nahmen dies alles auf sich. Es gab immer wieder Einzelne oder auch Gruppen, die es verstanden, durch Überlegen und Streben für sich ein wohlhabendes Leben zu führen. Es konnte sein, dass sie die Wünsche des Herrschenden zufriedenstellen konnten. Sie lernten, bei Krankheit heilen zu können. Lernten, prunkvolle Palast- und Tempelwünsche zu verwirklichen oder überzeugten mit Schriften, die sie zum Herrschaftserhalt auslegen konnten.

Andere schafften es, sich durch Tausch oder Herbeischaffung von Sachen, sie nannten es Waren, hohe Geldvorräte zu horten, um sich dann wieder prunkvollere Dinge für ihr Leben anzuschaffen. Andere liehen meist den Unfreien Geldbeträge, ansonsten diese und ihre Angehörigen verhungert wären. Ließen sich die Leihe mit Gewinn, als Zins, zurückzahlen oder wenn dieses nicht mehr möglich war, vorhandene Felder übereignen, die dann die Verschuldeten weiter bestellen durften, aber von den Ernten einen hohen Anteil für sich verlangten.

Die Herrscher und auch ihre Priestergefolgschaft, genannt auch Feudal oder Lehnsherren, besaßen meist schon, auch durch ihre Eroberungen, riesige Landbereiche. Die dort Lebenden gingen dadurch auch in ihren Besitz, ihr Eigentum über. Sie waren ihre Leibeigenen. Sie mussten für diese arbeiten, Ernteerträge einbringen oder auch, wenn vorhanden für ihre Angelegenheiten, die sie für ihre Lebensexistenz brauchten, Geld zahlen. Es wurde als Zinsgroschen bezeichnet.

Treu und gehorchend, wie die obrigkeits- und gottesfürchtigen Leibeigenen und andere Unfreie waren, nahmen sie alles auf sich. Auch wenn der Herrscher mit seiner Kriegerschar, seinem Heer, zum Krieg auszog und ihnen mit den Soldaten, Tieren und Kriegsgeräten die in die Erde gebrachte, wachsende Saat zertrampelten. Eine Auflehnung brachte ihnen meistens den Tod.

Die irdischen Gottes- und Kaiserreiche gingen und kamen immer wieder. Sie und ihre Gefolgsleute dachten sich immer weitere Arten der Abgaben und Gebote aus. Die Anwohner durften im Wald keine Tiere mehr jagen, um sie zu verzehren; sie durften keine Bäume mehr fällen. Sie durften in den Gewässern keine Fische mehr angeln und sie durften ihre geernteten Getreidekörner nicht in ihren Behausungen selbst zermahlen, sondern mussten sie in die Gehäuse bringen, welche den Feudalherrn gehörten, um sie dort zu Mehl zu walzen. Sie wurden Mühlen genannt. Diese gehörten dem Herrscher, und er ließ sich das Zerkleinern des Kornes bezahlen. Wer das nicht konnte, hatte bei sich zuhause kein Mehl, um das lebensnotwendige Brot backen zu können. Auch war ihnen verboten, an einen anderen Ort zu ziehen. Es sei denn, dass sie ein hohes Lösegeld zahlten. Die Priestergefolgschaft verlangte für jede Befreiung von ihren angenommenen Verfehlungen einen Ablass in Geld. Für ihre Familiengründung, für die Taufe ihrer Neugeborenen musste gezahlt werden.

Es rührte sich aber kaum ein Widerstand gegen diese schwer zu ertragende Bürde. Wer es wagte, wurde meist in ein dunkles Mauerloch, genannt Kerker, gesperrt oder auch getötet. Dieses nannten sie Hinrichtung im Namen ihrer Gerechtigkeit.

Der Handlungs- und Entwicklungsdrang der Menschen nahm weiter seinen Fortschritt, da es auch anderen Menschengruppen gelang, ein besseres Leben führen zu können. Diese sammelten sich meist dort, wo ihre Wohn-, Schlafstätten waren. Sie bauten diese weiter aus. Stellten Sachen her, verkauften sie und kauften wiederum andere Dinge. Auch erfand und baute man immer bessere Arbeitsgeräte, die man zur Arbeit und auch zum Eigennutz einfacher bewegen und handhaben konnte.

Diejenigen, die diese entwickelten, zeichneten und aufschrieben, nannten es Mechanik, das Bewegende. Die Wohnstätten wurden größer, und man nannte diese Städte.

Die Bewohner nannten sich Bürger, weil man um ihre Ansiedlungen zum Schutz vor Überfällen hohe Burgmauern errichtete.

Aufstand der Leibeigenen und Bauern

Die Herrscher der Welt und die Priesterfürsten verlangten stets höhere Abgaben von ihren Leibeigenen, den Bauern und anderen Abhängigen. Sie brauchten diesen steigenden Reichtum für ihr Leben und ihre Interessen, vor allem zum Stillen ihres Machtriebs.

Es ging nicht immer so weiter. Die Ausgebeuteten bäumten sich auf, da ihr Leben unerträglich wurde, leisteten auch mit Gewalt Widerstand, zerstörten die Fürstenhäuser. Da sich aber andere Menschengruppen, vor allem die in den Städten wohnten, ihrem Aufstand nicht anschlossen oder ihn auch ablehnten, wurden sie immer wieder von ihren Herren niedergerungen.

Die Aufständischen waren von ihrer Zahl her nicht zu gering. Hatten auch Pläne von einem besseren Leben, wollten ein besseres Dasein auf Erden gestalten. Sie blieben dann doch die Verlierer. Sie hatten darauf gebaut, dass bei Beibehaltung des Glaubens an ein göttliches Wesen die Hoffnung auf ein paradiesisches, für sie gerechtes Dasein mit allen anderen Menschen aufzubauen sei. Die meisten anderen wie Handwerker, Bürger und Geistige verweigerten ihnen ihre Unterstützung, ihre Solidarität. Die Herrscher konnten deshalb wie gewohnt weiterleben, regieren, befehlen, ausbeuten, richten, Kriege führen, töten. Das Kämpfen für eine gerechte Welt schien für immer versiegt.

Ja, und dann brach es nach einer längeren Zeit doch wie ein Vulkan hervor. Auf einen bitterkalten Winter folgte eine langanhaltende Regenzeit. Die Felder gaben kein Getreide, keine Früchte ab. Unzählige Menschen, junge, alte und kranke, verhungerten, obwohl einige Wenige in prachtvoller Hülle und Fülle ihr Dasein genossen. Es kam wie ein Brausen des Windes auf, erst wie ein leises, dann lauter schallendes Vorspiel, das sich zu einem alles mitreißenden Orkan entwickelte. Die Menschen schlossen sich zusammen, bewaffneten sich, zogen gegen die Herrscher, verwüsteten ihre Schlösser, Burgen und Gotteshäuser. Hinzu kam, dass sie sich ein Ziel in zehn Geboten gaben, um ein besseres Erdenleben führen zu können.

Was ihnen fehlte, war ein Führer, ein Gerechter, der sie einheitlich zu ihrem Sieg bringen sollte. Sie nahmen sich im guten Glauben einen an seinem Glauben zweifelnden Priester an, von dem sie erhofften, dass er sie in ihrer Not, ihrem Jammerleben, verstand, so wie sie auch fühlten. Dieser, er hieß Martin Luther, wandte sich aber von den Aufständischen ab und verlangte von ihnen eine gewaltlose Erneuerung ihrer Lebensweise, ohne Revolution. Schloss sich dann auch noch den Herrschern an, die ein riesiges Kriegsheer aufgestellt hatten. In mehreren Schlachten wurden die Aufstände geschlagen. Die meisten von den Aufbegehrenden fanden den Tod oder wurden zum Tode verurteilt und zur Abschreckung anderer Menschengruppen grausam hingerichtet. Meist verbrannt! Denn sie sollten für ihre Sünden schon das

Fegefeuer auf Erden erfahren, um dadurch gereinigt vor ihren Gott treten zu können.

Es musste somit weiter demutsvoll, gottesfürchtig und ohne eigene Rechte gearbeitet, gepflügt, gesät, gepflanzt, geerntet werden. Die Herrschenden konnten weiter die hohen Abgaben verlangen und ihre Kriege zu ihrer Machterweiterung führen. Im Namen ihres Allmächtigen, ihres Göttlichen, führten sie auch gegeneinander einen über dreißig Jahre anhaltenden Krieg. Denn in ihrem Inneren herrschte der Drang, mächtigster Herrscher unter allen zu sein. Die Not und das Elend der meisten Menschen wurden dadurch noch größer.

Der Aufstand siegt

Doch das Streben der Menschen blieb nicht stehen. Vieles, was bis dahin nicht begreifbar war, wurde entschlüsselt. Es wurden Geräte gebaut, die die menschliche Arbeit viel besser und schneller ausführen konnten. Diese Herstellungsstätten nannte man Manufakturen. Andere beschäftigten sich damit, wie es den Menschen gelingen könnte, gerechter, gleich und auch ohne Leibeigenschaft leben zu können. Es waren Philosophen.

Hinzu kam, dass viele Menschen nicht genügend zu essen hatten, krank waren, verhungerten, zu Tode kamen.

Die Überlebenden bäumten sich auf, schlossen sich zusammen, und diesmal waren es nicht einzelne Gruppen, sondern die Mehrheit der Bewohner. Bürger, Handwerker, Bauern, Leibeigene, Werkarbeiter, Geistige. Auch diejenigen, die nicht in bitterer Armut leben mussten. Hinzu kam, dass sich durch die Philosophie, in sehr klugen theoretischen Schriften, Lebensvorstellungen verbreiteten und auch aufgenommen wurden, um ein besseres Zusammenleben führen zu können. Die Menschen bewaffneten sich, und überraschend schlossen sich ihnen auch viele Soldaten an.

Die Herrscher wurden vertrieben, auch ihre treu ergebene Priestergruppe. Die Revolution gewann mit der Trikolore der Freiheit für alle, der Gleichheit und der Brüderlichkeit, die Macht.

Es sollte nun durch der Hände Arbeit so viel Ertragreiches geschaffen werden, dass keiner mehr des Hungers wegen zu sterben brauchte. Man war im Anbau der Felder und Gärten nur noch auf die wohlwollenden Bedingungen der Natur angewiesen.

Mit all ihren gesammelten Erfahrungen und dem angereicherten Wissen bauten und verwendeten nun die Menschen Sachen und Geräte, um sehr hohe Arbeits- und Ernteerträge zu erreichen. Diese Entwicklung nannten sie Industrieproduktion. Durch die Erkenntnisse der Bewegungsgesetze in der Natur wurden diese in der industriellen Verwertung so umgesetzt, dass man sie als mechanische Geräte, genannt auch Maschinen, nachbaute. Mit diesen konnte eine rasante, vielen Menschen aber auch angsteinflößende Erhöhung der Güterherstellung erreicht werden, zu der man vorher ein riesenhaftes Heer von Arbeitskräften benötigt hätte. Man nannte diese Errungenschaft auch die maschinelle Industrierevolution.

Arbeit kontra Gewinn?

Doch wiederum wollten Menschen, entweder ihrem Selbsterhaltungstrieb entsprechend, über andere bestimmen oder, durch die Anhäufung von Gütern wohlhabend geworden, mächtiger als die anderen werden. Diese Herangehensweise darf aber nicht so interpretiert werden, dass der Handelnde beabsichtigte, andere zu schädigen. Es war in ihm, zielstrebig zu handeln, um sein Leben gut abzusichern, aber auch, anderen immer nutzbarere Sachen anzubieten. Die Menschen teilten sich dadurch wieder in zwei gegensätzliche Interessen-

und Eigentumsgemeinschaften auf. Eine dieser Gruppe mit der höchsten Zahl an Mitgliedern hatte keine Rechte an diesem erschafften Eigentum und mussten denen, die das hatten, ihren Fleiß, ihre Arbeitskraft zur Verfügung stellen. Dafür bekamen sie ein Entgelt, genannt auch Arbeitslohn. Die andere Gruppe hatte das Bestreben, die erarbeiteten Güter mit einem hohen Preiswert zu tauschen, zu verkaufen. Dieses war nun ihr Gewinn, wie sie es nannten. Das wurde von den obengenannten Philosophen Karl Marx und Friedrich Engels erkannt.

Auch erreichten diese sogenannten Kapitalisten es, dass viele ihrer Gefolgsleute in den geschaffenen politischen Einrichtungen das Sagen hatten.

So hieß es dann im Volksmund auch passend: »Dessen Brot ich ess, dessen Lied ich sing.«

Man hatte aus den für sie überzeugenden Erfahrungen aus der Vergangenheit wieder gemeinschaftliche Versammlungen eingerichtet. Dieses System der Demokratie übernommen. Deren Versammlungsorte waren die Parlamente. Forschende Theoretiker, wie Marx und Engels, nannten diesen Zustand trotz Demokratie aber auch eine Klassengesellschaft. Diejenigen, die ihre Arbeitskraft zur Existenzerhaltung verkaufen mussten, nannten sie Proletarier. Diejenigen, welche deren Arbeitsleistungen sich aneigneten, waren, wie schon genannt, die Kapitalisten. Da die Arbeitenden nicht voll über das von ihnen Erschaffene verfügen konnten, bezeichneten die Theoretiker dieses auch eine menschliche Entfremdung der Arbeitenden durch Ausbeutung ihrer geleisteten Arbeit.

Die Zahl der Menschen wuchs an. Trotz auch noch geführter Kriege mit unzähligen getöteten Menschen, wurden die Städte immer größer. Die Menschen immer zahlreicher, und es war nun die Aufgabe, diese hohen Bewohnerzahlen mit den zu erarbeitenden Mitteln satt zu bekommen.

Auf den Feldern wurden noch besser entwickelte Geräte eingesetzt, mit denen man vollkommen die vorher vielen arbeitenden Menschen ersetzen konnte. Auch wurden immer mehr Pflanzen und Saatgut, auch Schutzmittel entwickelt, die immer höhere Erträge erbrachten.

Was aber auch geschah: Dieses fast Unbegreifliche! Dieses von der Priestergefolgschaft für Demut, Arbeitsfleiß und Nichthinterfragen der Erscheinungen Verlangende, um das Paradies zu erreichen, verlor an Bedeutung. Dadurch, dass die Menschen durch das Suchen der Ursachen der sich bewegenden Erscheinungen immer mehr verstanden, Mittel zu finden, um ein besseres Wachstum der Pflanzen, Früchte und nützlichen Tiere sowie auch ihrer Arbeitsgeräte erreichen zu können. Es wurde Wissenschaft genannt und als Physik oder Mechanik, Biologie, Chemie niedergeschrieben und verwertet.

Der Priesterschar blieb nun nur noch die aufgebrachte Verkündung des Verzichts auf die Eigenliebe und der Preisung der Brüderlichkeit, der Nächstenliebe, wie sie vor langer, langer Zeit geschildert wurde. Immerhin erreichten sie aber zu ihrer Absicherung die Eintreibung der Abgaben für sich, die von allen anderen Menschen erbracht werden sollten.

Befreiung von der Ursünde

Die Menschen befreiten sich nun auch von der verbreiteten Angst, einhergehend mit dem Sündhaften, dass sie auf ewig im Höllenfeuer untergehen würden, wenn sie weiterforschten, was dieses Unbegreifliche sei. Am Anfang wurde es ihnen unter Androhung ihrer Tötung durch Verbrennen von den mächtigsten Priestern noch untersagt.

Doch die anderen überwanden allmählich ihre Ängste, getrieben von ihrem Drang des Suchens, mutig, was sich hinter dem sich Allbewegenden verbarg und wie es entstand und sich auch entwi-

ckelte. Sie nannten dieses das wissentliche For-
schen, die Empirie.

Es gab recht viele Menschen, die diese Abläufe
in der Bewegung der Natur erkannten, aufdeckten.
Hatten vor, auch zu ihrem Vorteil, es für die Menschen nutzbar zu machen.

Es wurde erkannt, dass das Leben nicht an einem einzigen Schöpfungstag, sondern sich über
einen sehr, sehr langen Zeitraum aus kleinsten Teilchen heraus, genannt Elementen, Zellen aufgebaut
hat. Dass auch mit diesen winzigen Zellen sich
immer wiederholend, aber nicht für immer, Neues
entwickelte, wenn es sich der Gaia und dem Airos
gut anpassen konnte. Es wurde als Evolution bezeichnet.

Erfahrung statt Glauben

Und dann fand ein Mensch heraus, dass man mit
der selbst durchgeführten Verbindung dieser natürlichen Winzlinge anderes, auch für das Sattwerden
der Lebewesen bessere und auch in sich sehr verschiedene Pflanzen, Früchte und auch Nutztiere
erzeugen kann.

Mit diesen Verwendungen der wissenschaftlichen Erfahrungen wurde immer tiefer in das Ge-

schehen von Gaia, genannt auch Materie oder Natur, eingegriffen.

Am Anfang stand somit das Streben, auch durch Umwandlung, sogar Zerstörung der Erde, der Natur, der Lebewesen einen sehr hohen wirtschaftlichen Gewinn, wie es genannt wurde, zu erzielen.

Die Suche nach dem Wie und Was ging weiter! Wie und was war noch zu erkämpfen, auch für das hinzugekommene Ideal einer Gerechtigkeit, die austeilend und auch aufteilend für alle gelten könnte. Auch doch eine Brücke zu bauen, verbindend die Natur mit dem menschlichen Handeln!

3. TEIL

Oh, ihr Erdenmenschen, wo wollt ihr hin?

Berührung zwischen den Lebewesen

»Er«, der nun Existierende, drang immer tiefer in das ihn umfangende Grün ein. Vor einer Eiche machte er halt. Sie stand vor ihm, stämmig, wie eine Riesengestalt aus einem Märchen, von gigantischer Höhe. Der Baum schien ihm uralt. Fünfhundert oder auch noch weitere Erdenjahre.

Das war es, was er suchte. Er berührte, erst vorsichtig fühlend, dessen von Rissen durchzogene raue Schale. Dann legte er seine Handinnenflächen auf ihn. Die Rinde fühlte sich hart und kalt wie das Erzgestein in der Erde an. Dann drehte er sich, lehnte sich rückwärts an und lauschte, in der Erwartung, die Geräusche seiner Lebensenergie zu vernehmen, zu spüren. Nichts, er hörte und fühlte nichts!

Dann wandte er sich wieder um, schmiegte sich mit seiner vorderen Herzseite, mit seitlich ausgestreckten Armen an die Rinde und berührend, erwartungsvoll horchend mit einem Ohr, eine Stimme zu vernehmen. Sicher aber auch wünschend, dass sie ihm etwas mitzuteilen oder auch ihm seine Lebenskraft übermitteln werde. Auch wenn es nur ein winzig kleines Teilchen wäre. Abwartend stand er nun da. Nichts! Doch als er sich schon lösen wollte, geschah es: Er meinte, jemanden sprechen zu hören. Seltsame Laute! Oder war es nur sein Gefühl, glaubende, hoffnungshungrige Wunscherfüllung?

Irgendwoher kam diese Stimme: »Warum, warum nur ist dies schon in der Vergangenheit geschehen?«

Vergangenheit? Was sollte er mit diesem Wort anfangen?

Für ihn galt die Gegenwart und erwartend die Zukunft. Dabei fiel ihm seine Arbeit ein. Dass er täglich vor einem Computer saß. Motiviert versuchte, digitale Programme zu entwickeln. Pläne, die in der Arbeit, der Wirtschaft, der Produktion verwendet werden sollten. Im Ergebnis als Betriebseinnahmen des Unternehmens, für seinen Arbeitgeber. Aber auch zur Existenz und Erleichterung anderer, in ihrem täglichen Produzieren, Gebrauchen. Fest davon überzeugt, dass mit diesen Verwendungen, einhergehend mit der Ausnutzung der Naturgesetze, ein immer besseres Dasein für alle, alle Menschen geschaffen werden könnte. Dazu noch durch einfachste Bedienung sekundenschnell etwas für den Gebrauch Wichtiges erzeugt werden konnte.

»Und dein Suchen? Warum bist du denn auf der Suche, wie ein seine Heimat suchender Fremder?«, meinte er zu hören. War es wirklich die Eiche, welche dieses sagte? Er fühlte sich irgendwie etwas unverstanden und ihm war einsam zu Mute. Es war nur das Rauschen einer Windböe, die durch die Baumwipfel strich.

Entwicklung der gesellschaftlichen Klassen

So ging er dann weiter und kam an ein Gotteshaus, eine christliche Kapelle. Ging dort hinein. Auf dem Altar lag ein großes, dickes Buch. Aufgeschlagen! Er fing an, den Text zu lesen, über einen Turmbau, der sich hochstrebend dem Himmel, dem Göttlichen, nähern sollte. Die Menschen aber, in ihrer Überheblichkeit, konnten sein Mauerwerk nicht stabil halten. Er brach in sich zusammen und erschlug viele von ihnen. Diejenigen, die am Leben blieben, konnten sich auf einmal untereinander nicht mehr verständigen. Blieben sich einander fremd. Sie hatten nicht mehr dieselbe Sprache und zogen daraufhin weg, zerstreut in alle Himmelsrichtungen.

Ihm wurde es plötzlich auch ganz schwach um sein Herz. Dann hatte er das Gefühl, dass hier in dieser dunkel wirkenden, kalten Kapelle auch etwas Schlimmes passieren könnte. Er wollte weg, wandte sich von dem aufgeschlagenen Buch ab.

Übersah aber, als er Schritt fasste, den hohen So-
ckel, der den Altar umkränzte, und stürzte zur Erde, auf die Steine. Schlug kopfüber auf den harten
Boden auf. Es wurde alles dunkel um ihn. So, als
wenn er in ein tunnelartiges Nichts fiele.

Es war eine weite Reise, zurück in die Vergangenheit. Zu seinem damals in die Erde verflosse-
nem Blut, als er von dem Sieger, dem Gottesboten
des Assur, erdolcht wurde. Die Mutter Erde muss
ihn dann doch wieder zum Keimen, ihn zum Leben
erweckt haben.

Er sah schemenhaft, dass er sich in einem In-
nenhof, ein von hohen, weiß gekalkten Mauern
umgebenen Platz wiederfand. Eine breit angelegte
Treppe führte aufwärtsstrebend zu einem Turm-
eingang. Auf der obersten Treppenstufe stand ein
prächtig gekleideter Mensch mit einem in der
Abendsonne golden schimmernden Kopfschmuck.
Eskortiert von drei, vier bewaffneten Leibwächtern.
Die Menschen um ihn herum knieten alle demutsvoll nieder. An Händen gefesselt, einem jeden eine
Halskrause aus Holz um den Nacken gelegt, schritt
er in der Reihe hintereinander laufender anderer
Gefangener über den Hof. Geleitet von brutal
dreinschauenden Wächtern in einen dunklen großen Raum. Er und die anderen wurden dort ge-
mustert und begutachtet. Verschiedene der kräfti-

ger erscheinenden Gefangenen wurden weiterhin gefesselt abgeführt, und es wurde ihnen mit einem glühenden Metall unter schmerzzerreißenden Schreien auf die Augen gedrückt, sodass sie ihr Augenlicht verloren, erblindeten. Bis zum anderen Tag wurden sie in dem Raum angekettet und dann in den umliegenden Werkstätten und Feldern zum Arbeiten eingesetzt. Allen wurde ein eisernes Band um den Hals befestigt, von dem aus einzelne Ketten zu den Hand- und Fußgelenken hingen und dort die Gelenke umschlossen, sodass ein Fliehen aussichtslos war. Es musste täglich hart und lange gearbeitet werden. Die Verpflegung war kaum ausreichend zum Überleben. Er fühlte sich dennoch jung und kräftig, trotz seines kargen Daseins.

Da, wo sie, die Freien, hinkamen, deuteten sie anderen Menschen an, dass sie göttlicher Herkunft seien und dieser Gott aller Götter ihnen mitgeteilt habe, dass sie durch Opfergabe von ihren Arbeitserträgen diesen, den Unbegreiflichen, gnädig stimmen könnten, damit er ihnen in seiner Barmherzigkeit Segen bringe und nicht über sie seinen Zorn ausbreiten werde. Die Menschen erhofften sich dadurch ein zufriedenes Leben mit vielen ertragreichen Ernten und sättigenden Speisen, denn sie hatten die Qual des Hungerns sehr häufig kennengelernt.

Sie, so sah er es, diese Gottesboten, nannten sich Priester und verlangten nun von allen, genannt auch das Volk, Fleiß und Gehorsam. Auch die Abgabe des zehnten Teiles aller ihrer Erträge. Unabhängig davon, ob die Einzelnen reich oder arm waren. Wer nicht so handele, den erwarte eine irdische, und noch grauenvoller, eine göttliche Strafe.

Die Priester überzeugten durch ihre geheimnisvollen Weissagungen. Auch dass man durch das Glauben an ein göttliches Wesen, an eine Religion, mit strikter Hörigkeit ein himmlisches, ewiges Weiterleben zu erwarten habe, in diesem es kein Leid und Elend, keinen Hunger, keinen Schmerz, aber ewige Liebe gebe. Dies entsprach auch so der Gefühlswelt der meisten menschlichen Wesen, denen dieser Glaube, gepaart mit ihrer Angst und ein Weiterleben an ein Jenseits, Hoffnung machte. Die Priester erbaten in ihren Gesängen und Tänzen die Götter um reiche Arbeits- und Ernteerträge. Dieses erfüllte sich dann auch immer wieder, sodass die Menschen weiter überzeugt waren, dass sie, diese Priester, mit und durch diesen Unbegreiflichen und doch überall Wirkenden, mit Gottes Botschaften sprachen.

Er ertrug die schwere Arbeit trotz Gefangenschaft gut. Sein Körper stählte sich immer mehr, sodass ein weibliches Wesen aus der Kaste der priesterlichen Herren auf ihn aufmerksam wurde. Sie fand Gefallen an ihm und öffnete ihm ihr Herz. Er wollte als Beweis für ihre Zuneigung, dass ihm seine Fesseln abgenommen wurden. Es war zwar verboten. Doch ihre hingebenden Gefühle zu ihm waren stärker. Er wurde befreit und nutzte dies, um zu fliehen. Wollte in ein Land, wo er sich Freiheit ersehnte. Die Häscher der Priesterkaste verfolgten, jagten ihn und griffen ihn. Er wurde gefesselt, mit einer Leine an ein Pferd gebunden. Dann im Galopp zu Tode geschleift, sodass sein ausströmendes Blut und seine Haut- und Fleischfetzen die trockene Erde tränkten, um dann mit dem Nass des Himmels Leben gedeihen zu lassen. So wurde darüber berichtet.

Wie beschrieb es poetisch ein Mensch: »Die da hoffen, sind diejenigen, die nur Mühsal und Pein tragen müssen. Die da haben, setzen nicht auf das Hoffen, sondern auf das Bleibende. Wird die Hoffnung gelenkt von denen, welche da haben, so wird aus der Hoffnung, die da haben wollen, ein Glauben mit der Verheißung auf eine Labsal im Jenseits.«

Die Priester vereinnahmten alles, die Gefühle, Gedanken, das Leben, das Unbegreifbare, die Behausungen, die Erde. Die Menschen mussten arbeiten. Nur durften sie die Ernte ihres Schaffens nicht mehr gemeinsam unter sich aufteilen. Das bestimmten nun die Priesterschaften, die sich als ihre Herrschenden über sie erhoben. Sie verlangten für ihre irdische Absicherung einen großen Teil der erarbeiteten Produkte. Es wurde als Zehnt bezeichnet.

Das heranwachsende Mädchen aus der Priester- und Herrscherkaste gebar ein Kind, einen Knaben, der hell war, wie die aufkommenden Strahlen des Sonnenlichtes über dem Wasserrand. Er hatte eine kräftige Stimme, mit der er verlauten ließ, seinen Hunger mit der Milch seiner Mutter stillen zu wollen. Damit versetzte er die Priester in Angst und Schrecken. Sie entrissen das Knäblein seiner leibhaften Mutter und gaben es einer Sklavenfrau, die stark genug war, diesem genügend von der kostbaren Nahrung zu geben, welche es zu seinem Gedeihen benötigte. Es muss sich so ähnlich ereignet haben, wie viele der Nachkommen berichteten.

Bedeutende Philosophen, wie schon erwähnt, K. Marx, F. Engels, beschrieben diese Verhältnisse als antagonistische Klassengesellschaft. Die Entfremdung der Hersteller von ihren erarbeiteten Produkten. Es wurde in späteren Zeiten als ökonomisch-gesellschaftliche Erscheinungsform bezeichnet (n. Lit. 3, Bd. 1, S. 618ff).

Diese gesellschaftlichen Bedingungen nahmen immer krassere Formen an. Sicherlich, weil auch dem Wesen Mensch von Natur aus durch seinen Selbsterhaltungstrieb die Neigung eines Machtstrebens inne ist.

Auch folgend bezeichnet als Egoismus, Aggression oder auch Motivhandlung. Die Menschen tragen es in sich. Sind bestrebt, dieses, wenn möglich, zu verwirklichen, so wurde es analysiert (vgl. Lit. 3a, S. 30ff, S. 113f).

Mit der zunehmenden Machtfülle dieser Herrscher wurde in kriegerischen Überfällen geraubt, getötet, unzählige Gefangene gemacht, die man dann zur Steigerung der Arbeitserträge voll einsetzte. Sie durften nichts für sich behalten, hatten keine eigenen Rechte. Sie nannte man Arbeitssklaven. In folgender Zeit auch Leibeigene oder Hörige.

Diejenigen, die über diese herrschten, gaben sich als gottgesandte weltliche Herren wie Priesterfürsten, Könige oder auch Chan, Schah, Cäsaren oder Kaiser aus. Mit uneingeschränkter Machtfülle. Sie regierten, richteten, beuteten die große Zahl anderer Menschen aus. Teilten aber auch ihren Machtbereich mit ihren Anhängern zur Festigung ihres Herrschaftsbereiches. Auch bekämpften sie sich häufig untereinander zur Erreichung ihrer höchsten Machtentfaltung.

Wer hat sie schon gezählt? Wie viele Tausende und Abertausende sich gegen diese Herrschaftsformen auflehnten und dabei aufopfernd verfolgt, eingekerkert, erschlagen wurden? Zum Kämpfen aber immer wieder bereit. Verschluckt von der Erde, doch nicht für immer begraben.

Drei Ereignisse darüber wurden in den Büchern der Vergangenheit festgehalten.

Aufbäumen für die Freiheit

Es waren Sklaven, die zum Töten untereinander abgerichtet und vor gewaltigen Schaubühnen unter tosender Lustbefriedigung der Zuschauenden auf Wink des Herrschers sich im Zweikampf auf Leben und Tod dem Unterlegenen den tödlichen Schwertstoß versetzen mussten. Sie verbrüderten sich untereinander, nahmen ihre Waffen an sich und brachen massenhaft aus ihren Gefangenenlagern aus. Behaupteten sich in kriegerischen Kämpfen, geführt von Spartacus, einem der Ihrigen, gegen ihre Unterdrücker und fanden dann in einer gewaltigen Feldschlacht doch ihr Ende.

»Er« befand sich auch unter den namenlosen Gefangenen, und wahrscheinlich hatte er auch schon seine Nachfahren gezeugt, bevor er elend ans

Kreuz geschlagen wurde. Im Sonnenaufgang des Tages sein Leben jammernd aushauchte.

Die Gesellschaft mit ihren unüberwindlichen Widersprüchen zwischen den Klassen blieb somit weiter bestehen.

Die Geburt der Nächstenliebe als Hoffnung?

Ja, und dann war es, wie oben beschrieben, diese Maria, die einen ideellen, gottgesandten Samen in sich aufnahm. Damit ein Wesen gebar, genannt Jesus, das unter den Menschen die Liebe zueinander, die Nächstenliebe, auf die Welt bringen sollte. Es ging ein Hoffnungsschimmer am himmlischen Horizont auf, dass alle Lebenden zu Schwestern und Brüdern sich vereinen, in barmherziger Zuneigung miteinander leben sollten. Denn es war, wie gesagt wurde, ein gnädiger Gott, der dieses Ideal verkündete. Es wurde auch Nächstenliebe genannt, unter der Losung: »Glaube, Hoffnung. Aber die Liebe ist das Höchste unter diesen Dreien!« Denn die so leben werden, wurde verkündet, sind dem Göttlichen annehmbar und werden in himmlischer Gnade aufgenommen.

Viele, viele Menschen, sehr Arme und auch besser Gestellte, auch Herrschende, schlossen sich diesem Glauben an. Die Herrschenden erreichten aber, dass sie nichts von ihrer Machtfülle abgeben mussten, und überzeugten auch, dass es ein Beweis ihrer Macht sei, dass sie von dieser barmherzigen Gottheit als Herrscher auserkoren, ihre Gesandten seien. Es entstand wieder ein Priesterstaat mit weltlichen Machtansprüchen.

Die anderen als ihre untertänigen Gefolgsleute müssten, so wolle es wohl der über allem stehende göttliche Herrscher, weiter ihnen zu Diensten stehen und alles das, was ihnen von Gott aufgetragen wurde, befolgen; nur so konnte er sie lieben, in sein Reich aufnehmen.

Die Lebensbedingungen fanden somit keine Veränderungen. Die Mächtigen eigneten sich weiter an, was durch die Arbeit der vielen Menschen geschaffen, erzeugt wurde.

Versuch zur Überwindung des Paradieses

Die Zeit verging mit diesen Gegebenheiten, bis sich die Entfremdeten sagten, dass es so nicht weitergehen könne. So standen sie auf, erhoben sich gewaltanwendend gegen die Herrschenden. Brannten ihre Häuser, Schlösser, Kirchen nieder und töteten eine Anzahl von ihnen. Zu Abertausenden zogen sie durch die Lande. Ihre Losungen der Befreiung nahmen sie aus ihrer religiösen Grundanschauung: »Als Adam schuf und Eva spann, wo war denn da der Edelmann?«, wurde von ihnen lautstark verkündet. Sie wollten sicherlich einen gerechten Gott und eine gerechte Welt. Es fanden sich nur wenige Verbündeten unter anderen Menschengruppen. Alleingelassen wurden sie von den Herrschenden mit Waffengewalt geschlagen, niedergemetzelt, gefoltert, gequält und hingerichtet, verbrannt. Es entkamen nur wenige. Wo war er nur, ihr Führer, der sie, diese Menschengruppen in ein besseres, gerechteres und nicht mehr für sie fremd erscheinendes Leben hätte führen können?

Es kam ihm, gemeint diesem »Er«, seltsam vor. Nicht echt begreifbar. Doch es war so! Er hatte sich als Nachkömmling dieses Sklavenführers, zurückliegend aus der Zeit des Römerreiches, durch Fortpflanzung von Generation zu Generation erhalten können. So fand er sich wieder auf einem riesigen Gutsherrnhof. Auf dem er vor einem Erntewagen die Deichsel hochhob, um die Zugpferde einzuspannen, mit denen er dann hinausfuhr, um das Brot, gezeugt in der Erde, in die Scheune zu bringen. Die Ernte reichte aber nicht aus, dass alle der Menschengemeinschaft satt werden konnten. Auch er verfiel wieder, geschwächt vor Hunger, schwerer

Arbeit und Krankheit in einen ohnmachtsähnlichen Schlaf. Ob er jemals wiedererwachen würde?

Die Welt veränderte sich nicht!

Aber doch!

Es waren Menschen, die überlebt hatten, die Werkzeuge herstellten, die von den Herrschenden und auch Untergebenen zum Leben, für ihre Arbeit, gebraucht wurden. Sie lebten zusammen, bauten sich bescheidene Häuser, die nah zusammenlagen und durch Wege zu erreichen waren. Sie nannten diese zusammenhängenden Häuserreihen Stadt. Bauten aber zur Sicherheit gegenüber kriegerischen Überfällen hohe Mauern um ihre Ansiedlungen und bezeichneten sich deswegen als Bürger, da sie meinten, durch den Mauerschutz seien sie sicher wie in einer Burg. Mit der weiteren Zeit ließen sie sich, im Austausch ihrer Waren, dieses in Metallstücken bezahlen. Es war ihr Tauschgeld, mit dem sie für sich wiederum Dinge für das Leben erwerben konnten.

In dieser gesellschaftlichen Situation gab es welche, neugierig, mit ihrem Bewusstsein suchend, was real, tatsächlich sein könnte, das sie in der Weiterentwicklung gegenüber den anderen Lebewesen besaßen. Sie entrissen durch Versuche der in Unwissenheit verbreiteten Welt, anmahnend gepredigt von der Priesterschar, immer mehr Geheimnisse.

Stellten richtige Aussagen auf, so wie sie in der Natur abliefen. Sie nannten es Naturwissenschaft, als Forschung durch Beobachtung. Die Priesterklasse bäumte sich dagegen auf, verfolgte viele dieser. Übergab sie ihrer Vernichtung durch Verbrennen auf dem Scheiterhaufen. Es half nichts. Die erkannten Gesetze wurden auch in die Arbeitswelt der Menschen hineingetragen. Damit begann die Zeit des mechanischen Produzierens der Gebrauchsgegenstände. Sie halfen mit, dass immer schneller und dazu auch in höherer Zahl Sachen hergestellt werden konnten. Sie mussten nur mit den Metallplättchen, genannt auch Münzen, im Tausch erworben, bezahlt werden. Diese wurden mit dem Begriff Geld bezeichnet. Und davon hatte die große Mehrheit der Menschen nur weniges, da sie auch für ihre geleistete Arbeit nur ein geringes Entgelt erhielten, soweit sie Arbeit hatten. Dazu mussten sie immer den Herrschenden davon einen Teil abgeben, genannt auch den Zehnten. Denn viele von ihnen hatten noch nicht mal dies und litten unter Hunger, Armut, Krankheit auch Kälte. Als abhängige Landarbeiter, genannt Bauern und auch Hörige, mussten sie für ihre Herrscher deren Grundstücke pflügen, säen und ernten und durften nur einen geringen Teil an Naturalien für ihre eigene Lebensexistenz behalten. Dieses zu ertragen, gottgläubig zu sein, um nach dem Leben in paradiesischen Zuständen zu erwachen, wurde von vielen dieser Menschen nicht mehr angenommen. Auch weil viele sahen, dass diese Priesterklasse als Herrschende, die dieses verkündeten, auf Erden sich schon Reichtum und Macht in Hülle und Fülle zugelegt hatten. Sie bauten sich herrliche Behausungen und Schlösser, brauchten nicht zu arbeiten. Wurden von einer großen Zahl von Bediensteten Tag und Nacht beschützt und versorgt und bezeichneten sich als Herrscher und Fürsten nach Gottes Wohlwollen.

Aufstand für Freiheit, Gleichheit, Brüderlichkeit

Und dann geschah es, einhergehend auch mit einem bitterkalten Winter, dass diese Menschen, ob arm oder reich, sich auflehnten, um einer gerechteren Welt mit Freiheit und Brüderlichkeit entgegenzustürmen. In zwei anderen Ländern waren dazu schon die Spuren gelegt worden. Sie übernahmen die weisen Losungen, dass alle Menschen in Freiheit und gleichwertig in solidarischer Verbundenheit leben sollten. Auf ihrer Trikolore war geschrieben: Liberté, Egalité, Fraternité.

Er meinte, dass er einer von ihnen war?

Die Herrschenden gaben ihre Macht nicht freiwillig auf. Schickten ihre Soldatenheere gegen die Aufbäumenden, um sie zu vernichten. Die Menschen setzten sich mit ihren Waffen zur Wehr, vertrieben die Soldaten. Viele dieser verbrüderten sich auch mit den Aufständischen. Errangen die Macht und wählten Führerschaften, die sie durch faire Wahlen ehrlich und gerecht leiten sollten. Sogar ein bis dahin herrschender König fand Gefallen an diesen neuen Lebensformen.

Er, dieser weiter Lebende, meinte auch, unter diesen zu sein.

Diese Erwartungen der Kämpfenden wurden aber wiederum nicht erfüllt!

So wie die Klugen unter den Begreifenden es schon aufgezeigt hatten, nutzten Menschen, nachdem sie ihre Führer geworden waren, es wieder aus, sämtliche Macht, sicherlich motiviert durch ihren Selbsterhaltungstrieb, an sich zu reißen. Es waren rein weltlich Allmächtige. Die Priesterschaft verlor an Machtfülle, wurde aber mit dem Mittel der Toleranz an den Machtapparat der jetzt Herrschenden gebunden, sodass sie dadurch ihren materiellen Wohlstand zum größten Teil beibehalten konnten. Sie konnten weiterhin, auf dem Hoffnungsglauben der meisten Menschen, ihren beeinflussenden Grundsätzen treu bleiben und diese auch verbreiten. Immerhin ging man aber nach dem Prinzip vor, »Kirche und Staat« zu trennen.

Entfremdung durch das Wirtschaftssystem?

Ja, und in der Arbeitswelt geschahen Veränderungen, die einem ähnlich wie etwas Neugeborenes vorkamen, aber doch aus den bewusst kreativen Bestrebungen entstanden waren. Die Menschen, immer neugierig auf der Suche, auch nach ihrer bestmöglichen Selbstverwirklichung, erfanden und bauten Geräte, genannt Maschinen. Mit diesen wurde es möglich, das zu produzieren, zu dem der Einzelne, aber auch eine hohe Anzahl von Arbeitenden in Handarbeit, auch qualitätsmäßig, in diesem kurzen Zeitaufwand nicht in der Lage waren, dieses zu leisten. Dies entwickelte sich mit der Erkenntnis von Wasser-, Windkraft bis hin zur Konstruktion von Dampfmaschinen, die über eine Transmission andere Herstellungsgeräte antrieben. Die gesellschaftliche Notwendigkeit, mehr Waren herzustellen, war dazu auch durch die immer weiter wachsende Anzahl von Menschen bedingt. Alles, was die Menschen brauchten, konnte nun meist sehr schnell in großer Menge hergestellt und dann als Konsumwaren zum Kauf angeboten werden.

Später wurde diese Entwicklung als industrielle Revolution bezeichnet. Das handliche, manuelle Herstellen wurde qualitativ weiter in ein maschinelles Anfertigen umgewandelt.

Wie und was erarbeitet wurde, war aber die Entscheidung Einzelner. Genannt auch Unternehmer, die dann in wirtschaftlicher Zielsetzung diese hergestellten Produkte als Waren mit einer für sie möglichen Gewinnspanne, die über den einzelnen Herstellungskosten lag, zum Kauf anboten. Es hieß, dass sie somit, durch diesen Warenumsatz, einen privaten Gewinn, Profit, erzielen wollten. Da all dies sich in ihrem Privatbesitz befand, wurden sie Kapitaleigner genannt. Deswegen diese Bezeichnung, da sie zur Herstellung der Produkte ja erst mal deren Gesamtkosten vorstrecken mussten. Diese liehen sie sich bei den Geldhäusern, den Banken, als vorgestrecktes Geld, als Kredite aus. Es war somit ihr finanzieller Kapitaleinsatz.

Zum Erwerb der Waren brauchten die Menschen aber auch ausreichende finanzielle Einnahmen. Dieses war bei einer hohen Anzahl der Bewohner nicht gegeben, denn nicht alle fanden eine Arbeitsstelle als Lohnerwerb. Es bestand die meiste Zeit eine Massenarbeitslosigkeit unter der Bevölkerung, auch noch ohne Beihilfen von staatlicher Seite. Viele Menschen lebten in Armut, bekamen nur in den kirchlichen Armutsküchen für sich eine Mahlzeit, wurden krank, siechten dahin, und es starben auch sehr viele.

Die Menschen mussten dazu ihre Arbeitskraft dem Kapitaleigner anbieten, verkaufen. Sie erhielten dafür einen Arbeitslohn. Das war ein anteilmäßiger Betrag ihrer erbrachten Arbeitsleistung, genannt auch Mehrwertanteil. Der andere erarbeitete, höhere Anteil gehörte dem Unternehmer.

Die Lohnarbeiter hatten in der Weiterverwertung ihrer Arbeitsprodukte keine Möglichkeit und auch kein Recht der Mitentscheidung. Es war Eigentum des Kapitaleigners geworden. Der bestimmte dann weiter darüber, was mit diesen geschah, immer mit dem Ziel, diese für sich gewinnbringend umzusetzen. Diese Abkopplung des Verfügungsrechtes über die hergestellten Produkte wurde dann wissenschaftlich-theoretisch als Entfremdung bezeichnet. Die Produkthersteller waren die Proletarier, die Wareneigentümer die Kapitalistenklasse. Was noch entscheidend war, dass diese Klassen in einer gegensätzlichen, wegen ihrer Interessenslage nicht überwindbaren Position waren. Die Philosophen kamen zum Ergebnis, dass dieses nur durch eine Revolution der Arbeitenden, dem Proletariat, möglich sei. Aus der geschichtlichen Entwicklung der Menschheit hatten sie dieses hergeleitet, die ja aufzeigte, dass eine andere, weiter entwickelte Gesellschaftsform immer nur durch den Sieg von Revolutionen entstanden war. Damit wurde erkannt, dass die neue Erscheinung immer etwas qualitativ anderes war, als dies, was vorher in seinen einzelnen Formen vorgelegen hatte (alles n. Lit. 3, S. 1060ff).

Durch die immer wieder auftretende Massenarbeitslosigkeit und auch Verelendung kam es unter anderem immer wieder zu gewaltigen Volksaufständen. In einem großen Land gingen die Aufständischen nach erbitterten Kämpfen sogar als Sieger hervor. Der Weg war geebnet, eine wirtschaftliche Gesellschaftsordnung in neuer Qualität, ohne Kapitalisten zu errichten (vgl. ders. S. 1060ff [1063]).

In vielen anderen Ländern auf der Erde blieben aber die privatwirtschaftlichen Systeme bestehen und entwickelten sich nicht durch Revolutionen, aber doch technisch-wirtschaftlich weiter. Der freiheitliche Wissens- und Kreativitätsdrang wurde als Postulat dieses Fortschreitens als deren Grundlage herausgestellt. So wurde es auch theoretisch von Philosophen, wie beispielsweise den Engländern Locke, Hume, sowie den Franzosen Montesquieu, Voltaire, beschrieben (vgl. Lit. 7, S. 357ff).

Es kam auch zu einem Wettbewerb der Unternehmen. In der Konkurrenz untereinander wollte man sich zur Gewinnmaximierung gegenseitig übertreffen. Das war ein Ansporn für den Einzelnen, in seiner Selbstverwirklichung gegenüber anderen als Gewinner hervorzugehen und zu sein. Es hatte sich aus dem Fanal der Freiheit so entfalten können.

Die Produkteigentümer mussten aber die hergestellten Produkte gewinnbringend verkaufen. Gelang dies ihnen nicht, so versuchte dann ein anderer im sogenannten Konkurrenzkampf die höhere, gewinnbringende Umsetzung dieser Produkte. Es entstand somit das Prinzip des Produkt- und Warenwettbewerbes unter den Firmen. Man versuchte »neue Wege zu gehen«, um damit reicher zu werden als der andere. Es ist ein Prinzip der menschlichen Veranlagung, dass sich der Einzelne durch sein Streben in seiner Behauptung gegenüber anderen somit voll entfalten kann. Die Motivation zu diesem Wettbewerb ist wahrscheinlich die Grundlage, dass das immer neu zu Schaffende und Entstehende eine naturbedingte Neigung ist, vergleichend mit dem Selbsterhaltungstrieb, um sich in seiner Existenz gut behaupten zu können (vgl. Lit. 1a, S. 304ff). So wurde es auch häufig in psychologischen Theorien dargestellt. Es beinhaltet, daraus ableitend angenommen, das Streben der

Forderung nach Freiheit, welches ja als ein hervorstechendes Grundanliegen von revolutionären Erhebungen bis in die Gegenwart hinein geblieben ist. Es ist nicht nur ein Ideal, wie Liebe, Hoffnung, Gleichheit, Gerechtigkeit, sondern wie ein Fanal der menschlichen Evolution.

Es wurde auch immer wieder hervorgehoben, dass der sogenannte freie Wettbewerb die Produkteigner dazu bringt, dass es nur durch breite Verkaufsangebote möglich ist, eine optimale Versorgung der Menschen zu gewährleisten (vgl. Lit. 1a, S. 234). Es war tatsächlich faszinierend, dass durch diese Verhältnisse jedem Einzelnen die Möglichkeit gegeben wurde, durch seine gezielten wirtschaftlichen und technischen Ideen Produkte in Umlauf zu bringen, die ihn dann auch sehr, sehr vermögend machen konnten. Es kam der sprichwörtliche Grundsatz auf: »Jeder ist seines Glückes Schmied.« Es gelang damit in einigen Ländern, dass die Menschen gleichzeitig ein solches Einkommen erzielten, um damit kaufkräftig viel konsumieren zu können.

Auch beinhaltete es, dass damit das Wesentliche des Menschseins, zwar ein Produkt der Natur, aber wegen seiner komplexen, vielschichtigen evolutionären Entwicklung durch sein bewusstes Denken und Handeln es vollbringt, die Erde zu seinem Nutzen zu verändern, zu gestalten, darin seine

Verwirklichung umsetzte. Aber bedeutete dies auch für das Dasein der Menschen, dass alles Erarbeitete gerecht für ein abgesichertes Leben aller erbracht werden könnte?

Das trat, wie berichtet wird, nicht ein. Andere meinten aber, das sei doch eine gelungene Grundlage, somit eine gerechte Welt ausbauen zu können.

Was konnte aber bis jetzt dazu erreicht werden?

Streben zur Machtentfaltung

Schon deswegen nicht, da der Einzelne in sich, wie oben von anderer Seite beschrieben, ein aggressives Wesen mit einem Selbsterhaltungs- und auch egoistischem Trieb sei. Danach gilt, dass derjenige, welcher seine Dominanz am ehesten durchzusetzen versteht, auch damit verbindet, als Führender seine gesteckten Interessen erreichen zu wollen. Auch beinhaltet diese Situation, dass dieser Einzelne, aber auch seine Gefolgsleute, damit eine umfangreiche gesellschaftliche Machtfülle erringen und Einfluss nehmen wollen, um somit das gemeinschaftliche Leben der Menschen bestimmen zu wollen (n. Lit. 1a, S. 74, S. 77).

Man darf aber auch, herausgearbeitet durch die Erkenntnisse kluger Personen, nicht vernachlässigen, dass die Menschen, obwohl machtstrebend veranlagt und gesteuert, mit ihrem Bewusstsein dem denkenden Handeln bemüht sind, Neues, das für den Einzelnen, aber auch für die Gesamtheit der Menschen nutzbringend verwendet werden kann, aufzubauen (n. Lit. 3, S. 1262ff). Also triebhafte Neigungen und vernünftiges Handeln in übereinstimmender Form hervorbringen können. Im Unterschied zu tierischen Lebewesen, die sich zwar auch schon intelligent verhalten können, aber doch rein von ihren natürlichen Trieben gesteuert werden.

Ja, und dann tauchte sie auf, wie ein riesiger Sog eines Wasserwirbels im Ozean. Die menschliche Not durch Arbeitslosigkeit, Hunger, Kälte, Krankheit verbreitete sich rasend schnell aus.

Es schrie in ihm. Er fühlte sich mitgerissen in den Massen, begeisternd suchend nach einem heilsbringenden Führer.

Den Erlöser, den Retter! Wie in einem gewaltigen Chor brach diese Sehnsucht hervor. Viele Menschen waren vorher hinabgerissen worden in die eiskalte Tiefe der Arbeitslosigkeit und des Elends durch eine Wirtschaftskrise. Ein Mensch bäumte sich mit seiner Vision zur Rettung vieler Menschen vor Hunger, Armut, Kälte auf. Er nannte sich Führer und predigte den Menschen, dass das Volk einen Führer brauche, der sie aus ihrer jetzigen Not befreie, wenn sie ihm nur treuergeben folgen würden. Er gab den Menschen wieder Hoffnung. Hatte auch damit große Erfolge zu verzeichnen Sie begeisterten sich an ihm, und er hielt auch sein Wort, dass er den meisten wieder Arbeit, Zuversicht verschaffte. Dann erzählte er ihnen auch, dass sie die Besten, die Herrenrasse unter all den Völkern seien. In ihrer Begeisterung folgten sie ihm, alle anderen minderwertigen Menschen durch Kriege zu erobern. Diese als nicht Gleichwertige auszubeuten. Es wurde ein Feindbild entworfen und auch überraschend von den meisten Menschen nicht nur emotional, sondern auch bewusst überzeugt vertreten. Ein Weltreich der Herrenmenschen aufzubauen, damit die anderen als Untertanen ihnen zu dienen hätten. Die begeisterten Massen skandierten orkanartig: »Führer befiehl, wir folgen dir!« Am Anfang kam er seiner Mission immer näher, bis sich ein Volk, welches auch versklavt und sogar vernichtet werden sollte, zum Abwehrkampf stellte. Es gewann durch Aufopferung unzähliger Menschenleben den Kampf. Dieser Führer, dessen Streben es war, Mächtigster zu sein, wurde zu seinem Untergang gezwungen. Er löschte sein Leben letztendlich selbst aus.

Die Überlebenden, fühlend auch wieder unter

ihnen zu sein, schöpften Hoffnung zum Aufbau einer freien, gerechten Welt. Auch klang es für viele verheißungsvoll, eine Welt ohne Ausbeutung der Menschen durch andere Menschen weiter zu errichten.

Sozialismus gegen Entfremdung?

Nicht jeder konnte Produktionseigentümer werden. Viele Menschen blieben abhängig davon, ihre Arbeitskraft an diese zu verkaufen und arbeiteten für eine meist geringe Entlohnung, die für das eigene Leben und das seiner Dazugehörigen häufig kaum ausreichte.

Getragen von dieser Theorie nach Karl Marx und Friedrich Engels sollte diese nun realisiert werden. Durch eine Gesellschaft, in der alles nach Plan, in gemeinschaftlicher Übereinstimmung gerecht verteilt werden sollte. Sie wurde Kommunismus genannt. Dort sollte jeder nach seinen fähigen Leistungen solidarisch mit seinen Mitmenschen ein sicheres Dasein auf Erden führen können. Damit sollte gleichzeitig die Entfremdung unter ihnen beseitigt werden. Nur musste, um dieses zu erreichen, dieser gesellschaftliche Neuanfang, wie es ja in einem schon vorher genannten Land geschehen war, weiter vorangetrieben werden. Die zuvor bestandenen gesellschaftlichen Zustände mussten dazu weiter beseitigt werden. Sogar mit massiver Gewalt, um einem neuen System, dem sogenannten Sozialismus, Platz zu machen. Das brachte schon der notwendige gesellschaftliche Weiter- und Höherentwicklungsprozess mit sich.

Diktatur des Proletariats als Übergang

Die gesellschaftliche Führung sollte in der Hand der Arbeitenden liegen, den Herstellern der lebenserhaltenden Dinge. Sie wurde als Arbeiter-, Bauernschaft bezeichnet. Damit es gerecht vollzogen werden konnte, sollte diese aufgrund der Erfahrungen der vorangegangenen Revolutionen über die von der Bevölkerung gewählten Vertreter stattfinden. Und da es keine ausbeuterische Klasse, Kapitalisten, mehr gab, bestand die politische Führung rein aus Volksvertretern der Arbeiterklasse und anderer sozialer Schichten. Die Übergangszeit zu dieser klassenlosen Gesellschaft musste aber allein durch die Arbeiterklasse, durch einen straff geführten Kontrollapparat gesteuert werden. Er wurde als Diktatur des Proletariats bezeichnet. Den Menschen sollten auch dadurch ein klassenbewusstes Denken und Handeln vermittelt werden. Aus dem Ego-Menschen sollte ein sozial bewusster, sozialistischer Mensch hervorgehen. So wurde dies in den dortigen Informationen dargelegt.

»Er« sah sich auch hier, wieder voller Hoffnung, in seinem tiefen Drang, an der Spitze dieser aufbrausend, vorwärtsstürmenden großen Menschenflut wieder. War unter ihnen und hatte das Ziel vor seinen Augen. Sie sangen gemeinsam, im mächtigen Chor, einheitlich in einer hoffnungsvoll vorwärtsstürmenden Stimmlage, für alle anderen nicht zu überhören: »Wacht auf, Verdammte dieser Erde ...« – »Die Internationale« genannt.

Sie trugen auch den Sieg in einem riesengroßen Land davon. Der Sieg schwappte über, ergriff auch andere, bis dahin unterdrückte Länder auf der Erde.

Es sollte gesellschaftlich etwas Neues, Besseres sein. Dieses sozialistisch politische System sollte nur vorübergehend sein. Bis zu dem Zeitpunkt, wo alle gesellschaftlichen Gegensätze überwunden sein sollten. Dann würde auch der vorher bestandene politische Kontrollapparat überwunden sein und jeder nach seinen Bedürfnissen in gleicher und gerechter Verteilung ein zufriedenes Erdendasein führen können. So verkündete es ihr revolutionärer Führer. Das sei die kommunistische Gesellschaft.

Es geschah aber mit der Zeit anders!

Aus dem solidarisch-proletarischen Kontrollapparat wurde meist eine Diktatur von einzelnen Personen, die alles beherrschten. Diese Machthaber waren von sich auch noch davon so eingenommen, dass alle, die anderer Meinung waren, die gute Sache des Sozialismus nur verraten wollten. Sie waren in ihrer Annahme der aufgestellten Theorien von sich so überzeugt, wie Narzissten, dass diese nach Wort und Schrift absolut richtig eingehalten werden mussten. Eine Veränderung durfte nur unter ihrer Regie vollzogen werden. Sie verwendeten die schriftlichen Erkenntnisse in dogmatischer, nicht zu ergänzender Art und Weise, wie später beschrieben wurde (vgl. Lit. 6a, S. 19f, S. 72ff). Wer anderslautend etwas verbessern oder ändern wollte, wurde als Verräter gesehen. Andere Ansichten und Meinungen wurden unterdrückt, verboten. Es wurden unzählige Menschen eingekerkert, verschleppt und umgebracht.

Es musste aber in diesem Streben der möglichen Machtausübung Einzelner mit einfließen, dass diese in ihrer Überzeugung sich nicht alleine von ihrer Veranlagung zum Herrschen, der Stärkste zu sein, leiten ließen. Es waren auch die Neigungen, etwas zu vollenden, was doch den anderen allen nutzvoll sein musste. Die Überzeugung, subjektiv überzeugt, somit vernünftig zu handeln, war ihre Motivation. Diese Erkenntnis wiesen einige forschende Theoretiker nach (vgl. Lit. 6a, S. 19, S. 70ff). Das zog sich durch die gesamte Menschheitsgeschichte. Um einige zu nennen: Der römische Cäsar führte Kriege, damit seine römischen Ergebenen nicht arbeiten mussten. Hitler wollte erobern zur Erreichung eines deutschen Herrenvolks. Stalin führte seinen ideellen Sozialismus ein, um eine bessere Welt zu schaffen. Auch gegenwärtig kann man dazu den chinesischen Staatschef, den russischen und auch den amerikanischen Präsidenten Trump nennen. Die beiden Erstgenannten können nicht mehr abgewählt werden. Der Letztgenannte wurde abgewählt.

Die Menschen empfanden in der Mehrzahl die Einzelherrschenden doch als nicht ihnen Zugehörige, weil sie keine echte Möglichkeit ihrer Selbstentfaltung, trotz aufgeforderter angepasster Mitsprache, zur Gestaltung ihres Lebens hatten. Dazu brach auch noch durch eine schlechte Planung existentiell die notwendige Versorgungsgrundlage für die meisten weg. Durch eine zu geringe oder auch falsche Produktion von lebensnotwendigen Konsumgütern.

Durch das Aufbäumen zahlenmäßig großer Menschengruppen musste wieder der Machtrieb

Einzelner eingedämmt werden. Gepaart ist diese absolute Machtverwirklichung nach außen mit der überzeugenden Selbsteinschätzung, für die anderen etwas einmalig Gutes, Richtiges erreichen zu wollen.

Als dieses unterdrückende Fass der Personendiktatur überzulaufen begann, entfesselte sich der Widerstand der sich unterdrückt Fühlenden in einer immer größer werdenden Auflehnung, die die Herrschenden und ihren Machtapparat hinwegfegte. In dem Land des hier suchenden Erzählers mit dem Kampfesruf »Wir sind das Volk« wurde einmal interpretierend betont, dass es nicht die unüberwindbaren Interessen der Klassen sind, die zur Ungerechtigkeit führen, sondern dass mit den demokratisch Gewählten ein Weg gesucht werden muss, damit die Menschen freiheitlich und auch die Nächsten beachtend, auch Solidargemeinschaft genannt, unter für alle existenzabsichernder Verteilung der erwirtschafteten Güter leben konnten. Die vorherige Planwirtschaft im Sozialismus stand dem konträr gegenüber. Mit diesen großen Erhebungen in vielen Ländern wurde nach einer Lösung gesucht. Der Inhalt dieser Erhebung eines großen Teiles der Bevölkerung machte deutlich, dass man mit der Abschaffung der Privatverwertung der hergestellten Güter, in dem Bestreben nach für alle existenznotwendiger und -sichernden Ansprüchen, dieses nicht so ohne Weiteres über einen zentralregierenden Staatsapparat erreichen kann. Auch wenn es auf einer sogenannten gesellschaftswissenschaftlichen Planung beruht. Dieses kann sicherlich in einer gewinnerbringenden privatbesitzenden Kalkulation angemessener erbracht werden, wie es von Theoretikern betont wird.

Die Aufbegehrenden wollten diesen Weg gehen und veränderten ihren anfangs gebrauchten Wahlspruch »Wir sind das Volk« um in: »Wir sind ein Volk«

Er, der auf der Suche war, schwebte weiter. Der Lichtpunkt gewann an Anziehung. Wo war er nur? Doch was bedeutete dies für ihn?

Er musste sich nun von vielen seiner Ideale lossagen. Es fühlte sich für ihn an wie der Entzug von einer abhängigen Sucht. Er fühlte sich auf einmal heimatlos. Doch dann, gestützt durch andere, kam die Selbstsicherheit wieder. Er meinte, dass ihm Flügel gewachsen seien und er sich am Eingang eines dunklen Tunnels befinde. Und weit, unendlich weit, sah er einen winzigen Lichtpunkt, für ihn wie ein Hoffnungsschimmer, oder meinte ihn zu sehen.

Der Sieg der Sozialreformer unter dem Banner der Demokratie

Die Lösung dieser Probleme sahen viele darin, dass man sich dem anderen geteilten, marktwirtschaftlichen Landesbereich, in dem die Versorgung der meisten Menschen gelungen war, anschloss. Wie sangen die Menschen im vielstimmigen Chor: »Kommt die Deutsche Mark nicht zu uns, dann gehen wir zu ihr!« Diesen Satz kann man so deuten, dass die soziale Marktwirtschaft, trotz Privatverwertung der Wirtschaftsgüter, zur Absicherung der Lebensexistenz besser tauglich sei, als die sozialistische Planwirtschaft.

Der Inhalt dieser Erhebung eines ganzen Volkes machte deutlich, dass man mit der Abschaffung der Privatverwertung der produzierten Güter, aber der Nichteinhaltung vor allem nach Freiheit und Gleichheit, nicht den rechten Weg gefunden hatte. Zu den Idealen einer gerechten menschenwürdigen Lebensexistenz gehörte somit auch die Fundierung einer freiheitlichen Entscheidungsmöglichkeit. Zur Überwindung der Entfremdung, wie sie bei der privatwirtschaftlichen Produktion festgestellt wurde, musste somit auch ein Weg der freiheitlichen Entfaltung unter den Bedingungen von Gerechtigkeit unter den Menschen gefunden werden.

Er, der auf der Suche war, schwebte weiter. Der Lichtpunkt wirkte wie eine magnetische Anziehung.

Wo war er nun?

Auch mit seinen aus der Geschichte entstandenen Erfahrungen, in seinem mitgeschleppten Bündel, dass alle Revolutionen mit der Hoffnung auf eine bessere Gestaltung des Lebens für alle immer eine meist grausame Einzeldiktatur hervorgebracht hatten. Um ihn herum wurde, so empfand er es, alles heller, mit Lichtblitzen, die rasend schnell alles umgaben.

Soziale Marktwirtschaft als Mittel zur Überwindung der Ungleichheit

Im Wettstreit der politisch ideologischen Systeme versuchten andere Herrschende mit dem Instrument einer guten existenziellen Versorgung, auch in Situationen der Not oder ähnlicher Zustände, lebensgünstige Grundlagen für die meisten der Menschen zu schaffen. Damit sollte, wenn möglich, die wirtschaftliche Ordnung des Privateigentums und dessen freier Wettbewerb nicht durch mögliche Volkserhebungen, also Revolutionen, gefährdet werden. Man hatte auch aus dem sozialistischen nicht akzeptablen Versuch gelernt, dass das konkurrierende Streben nach privatem hohen Gewinn ein persönlicher Anreiz für den Einzelnen bedeutet, entsprechend zu suchen, zu erfinden und wertschöpfend zu handeln. Es kam immer mehr der Begriff der freiheitlichen Entfaltung auf.

Doch durch diesen stetigen Konkurrenzkampf wurde auch immer mehr die Rate des Profits verringert, so formulierte es einmal ein großer, früherer Philosoph.

Der Gewinn ging zurück, und die Arbeitenden erhielten dadurch weniger Lohn.

Nachfolgende Ökonomen nahmen diese Erkenntnis an und entwickelten das Konzept der stetig steigenden, der Warenproduktion angepassten Erhöhung der Arbeitseinkommen. Damit wurden wieder mehr Waren gekauft. Deren Konsumierung stieg an.

Es musste nur darauf geachtet werden, dass durch die Erhöhung der Massenkaufkraft nicht gleichzeitig auch die Warenpreise anstiegen. Dem konnte man dadurch entgehen, dass die notwendigen Kredite, die von den Unternehmen von den Banken in Anspruch genommen werden mussten, ohne Zinsverpflichtung erfolgten. Auch die weitere Entwicklung der technischen Automatisierung, indem die Produkte schneller und qualitativ besser in hoher Anzahl hergestellt werden konnten, wirkte sich positiv aus. Die reine Verwendung menschlicher Arbeitsleistungen reduzierte sich damit. Wer dann doch arbeitslos wurde, erhielt zur finanziellen Absicherung einen angemessenen Lohnersatz, genannt Arbeitslosengeld. Der Staatsapparat war durch seine hohen Geldeinnahmen dazu auch in der Lage.

Dieses System wurde somit von den meisten Menschen als positiv, etwas Annehmbares aufgenommen, solange man sich darin abgesichert vorkam. Der Einzelne sollte in der Verwirklichung einer Kreativität nicht gebremst werden. Es sollte weiterhin, zu seiner eigenen Selbstverwirklichung bestehen bleiben. Auch sah man, dass bei einer hohen Güterproduktion und deren wirtschaftlich guten Verwertung viele Menschen gut und abgesichert existieren konnten. An der Aneignung des erarbeiteten Mehrwertes sowie deren privater Verwertung brauchte damit nichts verändert zu werden. Es konnte eine gesellschaftliche Perspektive entstehen, wenn dazu die Produktionseigner einen erwirtschafteten Teil als Steuerverpflichtung dem Staat für seine Allgemeinverpflichtungen abzweigten. Doch gleichzeitig im Streben nach besseren Fertigungstechniken und Verwertungsmöglichkeiten von ihren Abgaben auch wiederum einen Teil davon weiter zum technisch-wirtschaftlichen Investieren behalten konnten.

Damit bleiben zwar die sozialen Klassen bestehen, wenn man den Erkenntnissen dieser beiden früher lebenden Wirtschaftsphilosophen folgt, doch das von ihnen unüberwindbare Gegensätzliche der beiden Klassen kann sicherlich relativiert werden, wenn man die Möglichkeit eines ausgleichenden Gerechtigkeitsprinzips dazu aufrecht erhalten kann. Sogar vielleicht auch bedeutungslos werden lässt, wenn der Einzelne durch privatwirtschaftlichen Gewinn sehr reich werden kann, aber durch dessen Abgaben wiederum andere Menschen sicher existieren können. Man käme damit dem menschlichen Anliegen nach Gerechtigkeit ein Stück näher, aber immer unter der Voraussetzung von hohen beständigen marktwirtschaftlichen Erträgen. Würden diese wegbrechen, dann bestünde die Gefahr, dass es auch keine staatlichen Einnahmen mehr geben wird, die man auf die Gemeinschaft verteilen könnte.

Eine weitere Steigerung der Warenproduktion wurde aber bis jetzt auch durch den immer größer werdenden Einsatz von Maschinen, die den Einsatz der menschlichen, körperlichen Arbeitskraft immer mehr ersetzten, erreicht. Die massenhaft herzustellenden Produkte wurden meist ohne erforderliche

manuelle Arbeitsleistung in einem kürzer werdenden Zeitaufwand und auch in immer besserer Qualität fertiggestellt. Man nannte dieses automatisierte
Industrieproduktion. In den erarbeiteten wissenschaftlichen Theorien wurde herausgestellt, dass
durch diese Entwicklung mehr und mehr der Zeitaufwand der zum Einsatz kommenden menschlichen Arbeitsleistungen sich verringern wird. Die
Menschen erhalten dadurch immer mehr »Frei-
Zeit«. So beschrieben es interpretierend die Vertreter der »Neomarxistischen Kritischen Theorie«, wie
M. Horkheimer, Th. Adorno, H. Marcuse, J. Ha-
bermas (hinweisend Lit. 1a, S. 249).

Die Arbeitnehmer können zwar noch dem Arbeitgeber ihre Arbeitsleistungen anbieten, doch ihr
Zeitaufwand wird geringer. Es muss dann nur Verpflichtung des Unternehmers sein, dass der Ent-
lohnungsstandard in gleicher Höhe zur Absicherung der Lebensexistenz erhalten bleibt.

Damit nun dieser sehr unsichere Faktor der aus-
gehandelten Entgelthöhe beibehalten werden konnte, wurde zur Existenzsicherung, aber auch zur
Vermeidung eines gegensätzlichen Interessenkon-
fliktes, der Vorschlag verbreitet, dass alle einen an
keine Bedingungen geknüpften Geldbeitrag erhalten sollten. Durch die Einführung eines öffentlichen, an alle zu zahlenden Einkommens, also nicht

einer bedürfnisprüfenden Beihilfe, bräuchte der Einzelne nicht mehr existenzentscheidend dem Privatunternehmer seine Arbeitskraft anbieten. Also sich nicht mehr mit seiner Arbeitskraft verkaufen. Mit dieser finanziellen Absicherung würde er dann einer Arbeit, einem Schaffen, gestaltet nach seinen kreativen Wünschen und Fähigkeiten nachgehen können. Der Arbeitgeber erhielte dann noch den in Waren umgesetzten erarbeiteten Mehrwert als Warenpreis. Doch für den Arbeitnehmer sei es nun nicht mehr entscheidend, dass er vom Unternehmer davon einen Anteil als Lohn oder Gehalt erhalte, ohne über die Produktverwertung mitbestimmen zu können. Dieses System käme dann auch der Verdrängung der wirtschaftlichen Entfremdung beider sozialer Klassen näher. So lauteten diese gemachten Erkenntnisse.

Mit dessen Realisierung könnte es aber problematisch werden, weil sich die Frage stellt, ob der Einzelne überhaupt noch die Motivation aufbringen würde, kreativ produktiv sein Leben gestalten zu wollen, da er ja nicht mehr dem Zwang unterliegt, nur primär durch sein Leistungspotenzial sein existenzaufbauendes Dasein gestalten zu müssen. Aus den vorher genannten Zuständen der sozialistischen Gesellschaftsart hat man ja die schlechte Erfahrung gemacht, dass zu viel »Wohlfahrtsstaat«, also zu großer sozialer Sicherheitsersatz, die Menschen häufig dazu verleitet, »nicht mehr zur Arbeit motivierte Geschöpfe« zu werden. Die durch ihre öffentliche Absicherung nicht mehr bereit wären, eine genügende Arbeitsleistung erbringen zu wollen. Die Arbeit zeichnet aber erst die Spezies Mensch aus. Wie ließe sich dieses gegebenenfalls lösen?

Dadurch aber, dass die Automaten die Herstellung der für den Gebrauch bestimmten Güter übernehmen, bräuchten die Arbeitenden nur, bildlich ausgedrückt, den Funktionsknopf dieser Automaten betätigen oder diese programmieren. Das könnte sie frei machen, viel mehr Zeit für ihre dadurch selbstbestimmte Lebenszeit bei vorhandener Entlohnung zu verbringen. Ihren suchenden Drang, ihre einzelnen Ideen zu realisieren, könnten sie dann optimal in privater Sphäre nachkommen. Das beinhalte auch eine nicht nur quantitative, sondern auch qualitative gesellschaftliche humanere, also gerechtere Weiterentwicklung, war die Meinung vieler Theoretiker. Es wäre somit ein Stückchen sozialistische Verwirklichung im Monopolkapitalismus, wie es der Philosoph David Precht in einem Interview bezeichnete.

Diese Absicherung des Lebens könnte auch den Zustand schaffen, dass es trotz weiterer unterschiedlicher Interessen, Gegensätze zwischen Produktionseigentümern und arbeitenden Menschen, eine Verträglichkeit gibt, wenn durch für alle verbindliche und einzuhaltende Verpflichtungen eine garantierte Festlegung bestehen würde. Es ist aber anzuzweifeln, dass man deren Kontrolle zur Einhaltung mit dem Staatsapparat erreichen kann, da doch in diesem immer die Neigung gegeben ist, irgendwelches eigennützige Machtstreben zu realisieren. Es bedarf danach anderer Kontrollinstrumente, außerhalb des Staatsapparates, mit den jeweils zuständigen Vertretern der einzelnen tangierten Sozialgruppen.

Durch dieses gesellschaftliche System bleibe es zwar weiterhin bei einer privaten Verwertung der produzierten Güter, doch nun könne jeder Mensch, abgesichert in seiner Lebensexistenz, sich unabhängig davon, dass er seine Arbeitskraft weiterhin einem Unternehmer verkaufen muss, frei in subjektiver Art und Weise über seine Lebensweise entscheiden.

Es wurde sogar von einigen Theoretikern und auch schon Politikern ein »Bedingungsloses Grundeinkommen« gefordert. Dies ist zwar noch ein Wunschgedanke, unterliegt aber dem Prinzip der Hoffnung auf Verwirklichung. Es kann somit auch zu einer Zurückdrängung, sogar Verschwinden der wirtschaftlichen Entfremdung unter den Menschen kommen. So wurde argumentiert.

Diese dazu notwendigen Steuereinnahmen könnten ja von den Arbeitenden und Unternehmen erbracht werden. Kapitalisten und Arbeiterklasse hätten so eine gemeinsame für alle wohlwollende Verpflichtung. Stehen sich somit nicht mehr in einem nicht überwindbaren Widerspruch gegenüber. So argumentierten vorwärtsweisende Denker. Auch wenn es weiterhin eine private Verwertung der Arbeitsprodukte gibt, so seien diese Bedingungen nicht mehr relevant, daraus die Erscheinung einer Entfremdung der produzierenden Menschen von ihren erarbeiteten Gebrauchsgütern zu definieren. Mit dem Fortschritt der Technisierung in der Wirtschaftswelt führt das Angebot des Verfügungsangebotes seiner persönlichen Arbeitskraft trotz privater Verwertung nicht mehr zur Entfremdung. Das Kriterium der Verfügbarkeit über die Produkte werde dadurch ausgehebelt, da der Einzelne sozial abgesichert, sich frei und damit auch mitmenschlich entfalten und leben kann. Dass der Einzelne reicher als andere dabei sein könnte, sei durch die allgemeine finanzielle Absicherung aller nicht mehr ein relevanter, ausschlaggebender Faktor. Sie nennen sich auch als Partei »Die Linke«, die diese Zustände politisch vorhaben, zu erreichen.

Nur eins ist hier zu bedenken, wie es einer dieser schlauen Menschen schon ursächlich erforscht hatte, dass die Kapitalvermehrung immer größer wird, zu dem, was an Gütern oder Ähnlichem produziert wird. Die Unternehmer nehmen immens in ihren Sach- und Vermögenswerten im Verhältnis zu dem, was die Arbeitenden erhalten, zu. Es wird somit die Kluft zwischen den sehr Reichen und den weniger Besitzenden immer größer. Global sind diese Zustände schon reichlich vorhanden. In den meisten Ländern denkt man in keiner Weise daran, eine soziale Marktwirtschaft aufzubauen, geschweige denn, ein allen zustehendes Grundeinkommen einzuführen. Es gelingt noch nicht einmal, ein funktionierendes Sozialversicherungssystem zu schaffen. Dieses Phänomen trägt sicherlich ein hohes Potenzial an gesellschaftlichem Sprengstoff in sich, da es das Lebensprinzip vieler Menschen unglaubwürdig macht, dass nur in der Arbeit erst das Wesen des Menschen sich realisiert.

Doch rein die menschliche Schaffenskraft mit einer sozialen Klasse zu realisieren, einer rationalen Gesellschaftsstruktur ohne Ausbeutung, mit einer wissenschaftlichen Ökonomie, war nach dem Scheitern des oben genannten Sozialismus nicht mehr, jedenfalls gegenwärtig, ein primäres Anliegen der Menschen. Sie war kontraproduktiv geworden. Sie führte ja aus all den Erfahrungen doch nur zu einer absoluten Machtausübung Einzelner, das dem Freiheitsdrang, dem strebenden Verlangen der gefühlsempfindend und bewusst handelnden Menschen schon seit jeher zu überwinden galt.

Auch wurde durch die Planwirtschaft sicherlich der Weg zu steinig, dass dem Einzelnen seine Motivation des Forschens und Gestaltens, sein Wissensdrang, verbaut wurde. Auch wenn immer die persönliche Neigung sich dahinter verbergen kann, einerseits durch sein Handeln materiellen Reichtum oder sogar auch gesellschaftliche Machtfülle zu erlangen. Dazu war ja gegeben, dass es vielen widerstrebte, ohne subjektive Anreize für das Gemeinwohl hohe Leistungen erbringen zu müssen.

Er schaute sich um. Um ihn herum blieb, so empfand er es, trotz dieser einzelnen Sonnenstrahlen am Horizont alles doch noch im Trüben.

Dann unverhofft, erst nichtsahnend ein Lichtblitz, der rasend schnell auftauchte.

Erwiesen hatte sich, wenn man die Erkenntnisse über die Gesellschaft und dem Menschen nicht konträr, sondern zusammenhängend betrachtet, dass durch den Erfindergeist zur Produktionssteigerung von Gütern Dinge geschaffen werden, die die Widersprüche zwischen den Menschengruppen beeinflussen, verändern oder vielleicht auch qualitativ auf gänzlich veränderte gesellschaftliche Erscheinungen hinbringen. Auch dass der festgestellte unüberwindbare Gegensatz zwischen den Menschengruppen sich dann überwinden lassen kann.

Digitale Produktion zum gesellschaftlichen Fortschritt?

Könnte dies ein Faktor zum Hinstreben eines gesellschaftlichen Fortschritts sein?

Die arbeitenden Menschen mussten, trotz ausreichender Ernährung, zur Existenzsicherung ihres Lebens ihre Arbeitskraft denjenigen anbieten, die dann die geschaffenen Güter so umsetzten, verkauften, dass diese ihnen einen möglichst hohen Gewinn einbrachte. Sie erreichten somit auch einen immens hohen politischen Machteinfluss. Andere, die mit ihnen in Konkurrenz traten, wurden dadurch ausgeschaltet, indem sie sich immer weitere Produktionsstätten und Firmen aneigneten, um so, wie es gesagt wurde, vollkommen ihren Absatzmarkt zu beherrschen. Es entstanden riesige Produktionsstätten, sogenannte wirtschaftliche Monopole. Sie bauten ihre Filialen auch dort auf, wo der Arbeitslohn für die Arbeitenden sehr niedrig war, um ihren Gewinn dadurch immens zu steigern.

Er versuchte, diesem nachzueifern. Gefühlsmäßig wollte er auch reich werden, auch andere beherrschen. Mit einer Idee begann er auch, sich ein Unternehmen zu erkaufen. Der Erfolg trat aber nicht ein. Die Geldhäuser mahnten nach seinen Zinsverpflichtungen. Er fand sich wieder in dem Heer der Arbeitssuchenden und blieb seiner sozialen Klasse verhaftet.

Einigen gelang es, die Seiten zu wechseln. Von ihrem Wissensdrang beseelt, aber auch mit dem Wunsch, hohen Reichtum zu erlangen, entwickelten im konkurrierenden Wettbewerb einzelne Menschen etwas Neues. Sie wussten durch andere Forscher, dass es in der Natur zum Aufbau der Stoffe und des Lebens winzig kleine Partikel gibt, genannt Elementarteilchen, welche sich in fast unermesslicher Schnelligkeit gegenseitig anziehen, aber auch abstoßen. Das Gesamte nannten sie Atom, und dessen Bausteine Protonen, Neutronen und Elektronen. Sie forschten danach und versuchten, Maschinen, Geräte, in denen diese Bewegungsarten sich vollzogen, zu bauen.

Dann, weiterentwickelt durch Speicherungen nach einem System, für den menschlichen Bediener sichtbar zu machen. Sie nannten dies »Digitalisierung von elektronischen Impulsen«. Das sind programmgesteuerte elektrische Speichergeräte, die aus Zahlen Buchstaben, also digital aus Ziffern ganze Wörter analog aufbauen können. Im Weiteren wurde auch erreicht, dass mit diesen Bewegungsformen, durch ein von Menschen erstelltes Programm, die Automaten zur Herstellung der Warenprodukte und anderer Arbeitsleistungen eingesetzt werden konnten. Mit dieser sogenannten elektronischen Datenverarbeitung wurden die Verwaltungsaufgaben in den Büros, die Warenbeschaffung und auch Bereitstellung, Laboraufgaben, die technischen Konstruktionen und neuerdings auch die Maschinensteuerungen in der Produktion durchgeführt.

Auch entwickelte man mit der elektronischen Eingabe von umfangreichen Daten und dem Aufbau eines Programmzieles, dass die Maschinen die Endprodukte selbstständig fertigten. Sie wurden fähig gemacht, ihre Arbeitsvorgänge »selbst erkennen« zu können. Hier spricht man deswegen schon von einer künstlichen Intelligenz. Es wurde für die Zukunft ausgemalt, dass es Maschinen geben wird, die den Menschen im produzierenden, aber auch im privaten Bereich, vergleichsweise wie die Sklaven, die Arbeit abnehmen werden. Auch dass es im öffentlichen Bereich elektronisch gesteuerte Fortbewegungsgeräte geben wird, die Sachen und Menschen mit hoher Geschwindigkeit transportieren werden. Es sollen auch in nanomäßiger Winzigkeit die Menschen Chips in sich tragen, die deren Gesundheitszustand kontrollieren, die kranke Teile erkennen, austauschen oder regenerieren. Dies wird alles als Entwicklung einer Künstlichen Intelligenz oder auch in der Industrieproduktion als Kunstmenschentwicklung, Androiden, bezeichnet.

Auf anderem technischen Gebiet, der sogenannten Anwendung der Genschere (Erbstrangeingriff), kommt auf die Menschen eine weitere zukünftige, eventuell folgenschwere Entwicklung zu. Mit dieser Methode ist es möglich, Gene, auch der Menschen, so zu verändern, dass man nicht nur krankheitsauslöschende, sondern auch bestimmte menschliche Gene mit ganz bestimmten äußerlichen und innerlichen Eigenschaften heranzüchten kann. Es könnte damit der Mensch nach »Wunsch« entstehen. Man könnte somit seine Körperform, Augen-, Haarfarbe und sogar, zwar bis jetzt nur als Idee, seine Intelligenzfähigkeit bestimmen.

Wer wird wohl in dieser Hinsicht die politische Entscheidung darüber, was nützlich verändert werden soll, in den Händen halten, bei der Gegebenheit der Selbstverwirklichung der egoistischen Neigungen?

Abschwächung der gesellschaftlichen Entfremdung?

Was aber zusammenhängend damit aufgezeigt wurde, ist, dass den arbeitenden Menschen durch diese Entwicklungen zur Herstellung der notwendigen Produkte immer weniger eigener Arbeitsaufwand abverlangt wird. Damit erhöht sich positiv die Zeit, die sie frei zu ihrer Verfügung haben; also ihre Freizeit, in der sie dann auch die Möglichkeit haben, dass sie sich nach ihren Neigungen gefühlsmäßige, triebbedingte, aber auch gedankliche Bedürfnisse entfalten können.

Auch ist jetzt schon Stand der Dinge, dass durch eine weltweite Vernetzung dieser elektronischen Geräte der Einzelne nicht mehr wie gewohnt seinen örtlichen Arbeitsplatz in dem Unternehmen, der Firma, aufsuchen muss, sondern von seinem Wohnsitz oder auch Aufenthaltsort aus all seine Arbeitsleistung bei freier Zeiteinteilung erbringen kann. Gekoppelt mit den Vorstellungen eines allgemeinen Grundeinkommens könnte man dann einen Zustand der freiheitlichen und gerechten Verwirklichung aufbauen.

Überlegungen zur gerechten Gesellschaftsentwicklung

Dieser wirtschaftliche Zustand würde dann eventuell Realität werden, wenn die Güterproduktion vollkommen digital durchgeführt werden kann. In dem Zustand, dass die Herstellung mit den elektronischen Geräten ohne menschlichen Beitrag sich vollzieht. Mit Apparaten, welche das Planen, Entwickeln und die Endanfertigung vollkommen selbstständig beherrschen, und die Menschen in ihren Funktionen nur noch die Maschinen ändernd programmieren oder diese zielbestimmt anpassen. Das Ein- oder Ausschalten wird es dann nicht mehr geben.

Die Gefahr, dass man dazu nur noch zahlenmäßig sehr wenig Arbeitende braucht und die große Mehrzahl ohne Arbeitseinkommen existieren muss, wäre über die allgemeine Grundsicherung lösbar, und es müssten in anderen gesellschaftlichen Bereichen weitere Betätigungsmöglichkeiten geschaffen werden, wie im Handwerks-, Dienstleistungsbereich, Wartungen der Automaten. Dazu muss aber über die wirtschaftlichen und steuermäßigen Einnahmen so viel vorhanden sein, um die Lebensexistenzen für einen unbegrenzten Zeitraum mit Sicherheit finanzieren zu können. Aber auch, dass die beruflichen Weiterqualifizierungskosten mit öffentlichen Beihilfen finanziert werden.

Nimmt man zur Grundlage, dass die Menschen dann nach demokratischen Prinzipien durch soziale Reformen etwas Neues, für alle Gerechtes erringen, um damit eine für sie notwendige bessere Absicherung und auch ihre persönlichen Entfaltungsmöglichkeiten zu erlangen, dann wäre dies eventuell mit der elektronischen Produktion und dazu einer doch wissenschaftlich fundierten Ökonomie zu erreichen. Es stellt sich aber die Frage, ob man eine wissenschaftliche Planung bei den menschlichen Neigungen zur egoistischen Selbstverwirklichung überhaupt realisieren kann (vgl. dazu Lit. 6a, S. 16 u. S. 70ff). Von Natur aus haben ja die Menschen die Neigungen, selbsterhaltend erst mal »Anderes zu verschlingen, um nicht selbst verschlungen zu werden«. Doch kommt mit der Digitalisierung und einem vorgeschlagenen, sogenannten Grundeinkommen auch ein sehnsuchtsvoller Lichtstreifen am Horizont auf, diesen sogenannten Egoismus in seiner Anwendung abzuschwächen.

In den demokratisch gegebenen Abläufen müssten dazu wenigstens unabhängige Gremien entstehen, die rein erkenntnismäßig und nicht interessensgesteuert agieren. Das kommt aber einer Illusion gleich, so wird es noch von vielen kritisch hervorgehoben.

Das Licht in der Ferne schien wechselnd Farbe anzunehmen: Grün dann wieder rot und auch umgekehrt, so schien es ihm. Es erlosch aber überraschend nicht!

Kontrollierte Machtausübung

Doch er vernahm auch, ganz weit, weit weg, in der Vergangenheit liegend, die Mahnung eines weisen Poeten, dass man nicht der Illusion, sogar dem Trugbild, wie einem Wahn verfallen soll, dass der Mensch edel, das bedeutet auslegend, vernünftig Handelnder werde, indem er seinen Machttrieb ablegen kann, dass es immer wieder zum Kampf zwischen dem Guten und dem Bösen kommen wird.

Und diese Weisheit kann auch in den jetzigen politischen Erscheinungen noch gut als Mahnung verwendet werden, darauf zu achten, dass dem vorhandenen Selbsterhaltungstrieb des Einzelnen Einhalt geboten wird durch Schaffung gemeinschaftlicher Kontrollmöglichkeiten, die das Verwirklichungsbestreben Einzelner kontrollieren und damit gesellschaftsfähig machen können. Dabei aber nicht Möglichkeit dieser Motivation einengen, auch für den eigenen Nutzen Neues zu erforschen und auch wirtschaftlich zu verwerten. Denn dieser Antrieb, etwas für den eigenen Nutzen Vorteilhaftes zu erforschen und auch gewinnbringend umzusetzen, sollte nicht eingedämmt werden. Denn immer wieder geschah es rückblickend, dass durch deren Eindämmung der Schaffensdrang unterbunden wurde oder auch in krankmachende Lethargie umschlug.

Dem kann sicherlich nur mit einem Belohnungsprinzip für das kreative Handeln des Einzelnen begegnet werden.

Er betrachtete den gegenwärtigen politisch-wirtschaftlichen Zustand. Und musste dabei betrübt feststellen, mit dem enttäuschenden Gefühl, dass er wiederum zum Suchen in der Dunkelheit sich begeben muss.

Regierende und Monopolisten gaben sich inniglich vereint, meist im Verborgenen, die Hände. Politisch Verantwortliche, die von den Menschen in Wahlen bestimmt waren, setzten sich für die Interessen dieser Monopolisten ein. Konnten sich auch damit sehr hoch selbst bereichern. Sie schafften für deren wirtschaftliche Vorteile gesetzliche Vorschriften, die von allen berücksichtigt werden mussten. Es war wie ein Nehmen und Geben. Bei guter Zusammenarbeit erhielten dann die Entsprechenden von deren Auftraggebern hohe finanzielle Einkommen, die sie im immensen materiellen Wohlstand schwimmen ließen. Auch Personen, die sich scheinbar für ein gerechteres Miteinander einsetzten und so über Wahlen ein Mandat zum Regieren erhielten, nahmen die für sie sehr gewinnerbringenden Vereinbarungen an. Das geschah so in der Amtszeit des damaligen Bundeskanzlers Helmut Kohl, wie berichtet wurde.

Es regt sich aber gegenwärtig auch immer häufiger der Widerstand von großen Bevölkerungsgruppen dagegen.

Demokratisch gelenktes Produzieren?

Was war die Ursache dazu?

Es sind mehrere Faktoren ausschlaggebend. Einmal die riesig angewachsene wirtschaftliche Machtfülle der Konzerne, die auf der gesamten Erde ihre Warenwirtschaft ausbreiten konnten, um für sich sehr hohe Gewinne zu erzielen, aber auch gleichzeitig die meisten Menschen für eine geringe Entlohnung ausbeuten konnten. Diese mussten weiter armutsvoll ihre Lebensexistenz bestreiten. Dann kam noch hinzu, dass die Konzerne in hohem

Maße zur Gewinnung der zu verarbeitenden Roh-
stoffe der gewachsenen Natur immer mehr Scha-
den zufügten. Die Menschen hatten Angst, dass
dadurch für sie auch ihre biologische Daseins-
grundlage zerstört wird. Auch war durch die weltweit elektronische Vernetzung eine riesige Ansammlung von technischen und persönlichen Daten angehäuft worden, die für deren geschäftlichen,
aber auch politischen Interessen sehr nutzbar waren. Dadurch war aber auch der Zustand entstanden, dass insgesamt ein riesiges Potenzial an Wissen, Technik, Maschinen immer mehr zunahm.
Genannt auch Industrieproduktion 4.0.

Es kam wieder die Idee auf, dass somit eine
günstige Grundlage für eine wissenschaftlich ge-
plante Wirtschaft mit einem demokratischen System doch den Menschen überall auf Erden ein gerechteres und sicheres Dasein ermöglichen, vor
allem freiheitserlebendes geben könnte. Das er-
kannte man auch in der Politik der gegenwärtigen
Bundeskanzlerin Angela Merkel. Bleibt man aber
bei der Erfahrung, dass die Menschen stark von
ihrem natürlichen Machtrieb gesteuert werden und
sich verwirklichen wollen, so wird man durch diese
Entwicklungserscheinungen einer digitalen und
auch nachhaltigen, naturschonenden Produktion
nicht ohne breite, fanale Kritik andere Gesell-

schaftszustände aufbauen können. Die Neigung der Befriedigung des wirkenden Machtriebs kann nur durch Kritik und Widerstand anderer eingedämmt werden! So sehen es gleichbetonend viele andere auch. Es muss eine immerwährende Auseinandersetzung stattfinden! So kam jetzt wieder in einem Land der Plan basisdemokratischer Mitgestaltung auf, dass durch lokal eingerichtete Bürgerforen demokratisch politische Einheiten aufgebaut werden. Die entscheidenden Vorgehensweisen für existenzielle Angelegenheiten könnten dann dort beschlossen werden. Ob allerdings dort über richtige Beschlüsse abgestimmt wird, kann auch nicht mit Sicherheit beantwortet werden. Sie müssten immerwährend hinterfragt, kontrolliert, ergänzt und erneuert werden. Diese Protestwelle der »Gelbwesten« vollzieht sich in Frankreich.

Die Menschen können nun nur durch ihr Entscheiden und Handeln erreichen, dass diese bis jetzt sich entwickelnden Erscheinungen, Phänomene über Macht und Herrschen immer in den Gegensätzen von Kritik und Widerstand behandelt werden muss. Die Auseinandersetzung für eine freiheitliche, gleichberechtigte und brüderliche, auch gerechte Zukunft wird sie aber sicherlich endlos, niemals einen endgültigen Sieger oder auch Besiegten gebend, begleiten.

Da stand er nun in diesem Dunkel und spähte vergeblich nach etwas Lichtem. Er vernahm aber eher, dass die Erde, auf der er stand, nach ihm greifen wolle. Es kam ein Raunen von unten her: Nicht Glaube, sondern Wissen, nicht Hoffnung, sondern Kämpfen seien die weiter entwickelten Gebote. Und die Liebe? Die gebe es nur da, wo gemeinsam, somit solidarisch gegen etwas als nicht richtig Erkanntes vorgegangen werde.

4. TEIL

Oh, ihr Erdenkinder, konntet ihr was erreichen?

Der Kampf geht weiter

Das Tor der Morgenröte öffnete sich. Im Schein des aufkommenden Lichtes zeigte sie sich in all ihrer Schönheit. Sie wurde bewundert, hofiert. Sie wurde begehrt. Und sie genoss es. Tanzte hier und dort, immer wieder tanzen, tanzen. Erwiderte das Lächeln, dem Charme Unzähliger, und wurde sicherlich auch verführt. Auch von all denen, die sich mit ihrem Spiegelbild um sie bemühten. Ja, dann nach einiger Zeit gebar sie ein Wesen. Aber welch eine Überraschung, es hatte unzählige Köpfe und Gliederteile, denn es wollte in alle Richtungen, alles miterleben, auf allen Festen glänzen! In seiner Unbändigkeit verschlang es den Tag und nahm auch die Dunkelheit für sich ein, so glaubte dieses Wesen es jedenfalls.

Es bewegt sich was

Es war wieder ein Mensch, der einsah, dass die Situation wahrscheinlich in eine alles vernichtende Katastrophe führen würde, sollte es so weitergehen.

Er duldete auch das Bestreben abhängiger Völker, die selbstständig, frei über ihr Land entscheiden wollten. Er schickte nicht mehr seine gewaltige Armee zur Niederschlagung gegen diese Völker los. Sogar seine schärfsten Kritiker im eigenen Land unternahmen nichts und zogen sich verunsichert in ihren Bannkreis zurück.

Dieser Hoffnungsträger besuchte viele dieser Länder, welche nach ihrer Befreiung riefen. Wurde überall herzlich empfangen. Umarmend mit seiner niedlich klingenden Namensabkürzung. Gorbi, Gorbi!

Aber auch andere Kreise, die Witterung aufgenommen hatten, durch diese Aufbruchsstimmung ihren Machteinfluss erweitern zu können, umgarnten ihn in häufig mit ihrer sicherlich zielstrebigen Freundlichkeit. Wollten die Gunst ihrer Stunde mit den verheißungsvollen Versprechungen nicht versäumen. So auch im »fast schon kumpelhaften Treffen« mit einer Zusage, dass durch gemeinsame Freundschaft die Gefahr der alles Leben zerstören könnenden Aufrüstung der Armeen und Atomwaffen bestimmt gebannt werden könne.

Von diesen Zusagen wurde aber hinterher nichts, aber auch gar nichts eingehalten. Man vergaß sie schlichtweg, da es angeblich keinen schriftlichen Beweis für diese Absprachen gab. Die Neigung zur Machtausdehnung anderer erhielt bei diesen sehr verständnisvoll wirkenden Gesprächspartnern die Oberhand. Dazu kam, dass in dem Land dieses verheißungsvollen Boten der größte Teil der Menschen immer weniger an notwendigen Nahrungsmitteln erhielt.

Dieser Botschafter einer neuen Zeit wurde dann durch einen aufbrausenden Volksaufstand, das Hungern zu beseitigen, aus seinen führenden Ämtern vertrieben.

Neigung nach Machterfüllung

Die Möglichkeit war wieder offen für diejenigen, die ihr innerliches Verlangen, Beherrscher der Erde zu sein, anstrebten. In Volkswahlen sich aufschwangen, ihr Ziel zu erreichen. Geschickt verstanden sie es, durch das altbekannte Spiel »Was geht mich mein Gerede von gestern an« ihren Machteinfluss weiter auszudehnen.

Nutzten das grundlegend verständliche Verlangen der Menschen aus, erst mal nicht Hunger leiden zu müssen, so wird es von Kritikern beschrieben. Diese Bedürfnisse sicherzustellen, verstanden es die Regierenden auch, für ihren Machterhalt zu werben.

Es gab aber auch demokratisch gesinnte Volksvertreter, die vor dem nun politisch Geschehenen schon immer gewarnt hatten, dass es mit den Idealen eines revolutionären, aber dogmatischen Vernunftsystems, ohne wirkliche demokratische Grundlage zu einer Personendiktatur kommen musste.

Die Menschen begehrten auf, wollten in freiheitlicher Art an dem politischen Geschehen beteiligt werden. Es sollte deren Mitwirkung berücksichtigt werden. Das Volk wollte nun in seiner Forderung nach Mitsprache, die es sich vorwärtstreibend erkämpft hatte, mit einbezogen werden. Der Grundsatz aus vergangener Zeit der erkämpften politischen Beteiligung war zur Realisierung sehr passabel geworden.

Wie gingen aber diejenigen, welche die Macht ausübten, vor? Auch wenn es entschiedene Demokraten unter ihnen gab:

Sie verstanden es, mit ihrer Diplomatie andere Völker an sich zu binden. Ihren großen Gegner dadurch zu isolieren, um dann auch ihren Militärapparat in diese souverän gewordenen Länder zu entsenden. Diesen Ländern war dies auch recht, denn sie hatten weiterhin große Angst vor ihrem, den früheren sehr mächtigen, sich sozialistisch nennenden Führungsstaat. Auch gerieten diese neuen Verbündeten in den sich dadurch ausweitenden Wirtschaftskreislauf, den die größten Wirtschaftsunternehmen zum Verkauf und Umsatz ihrer produzierten Güter, um den globalen Markt zu beherrschen, gut nutzen konnten. Sie bauten deswegen mit Unterstützung einiger Nationalpolitiker eine kontinentale Einrichtung, genannt Europäische Wirtschaftsunion auf. Bezeichneten diesen, nun umfangreicheren, Warenhandel als globale Marktwirtschaft mit einer demokratisch gewählten Vollversammlung.

Die Überzeugung kam auch immer mehr auf, erfahrend aus der Vergangenheit, dass zur Entwicklung der Menschheit nicht die Entscheidung einzelner Länder, sondern übergreifend, global, die anstehenden Probleme wie Wirtschaftswachstum, Marktregulierungen, landwirtschaftliche Produktion, Reise-, Aufenthaltsfreiheit effektiver zu gestalten sei.

Kampf um globale Macht

Aber es traten auch weitere Länder im Streben, größte einflussreichste Macht zu werden, auf. So gelang es einem Land, es ist China, das von der Idee her revolutionär den Sozialismus aufbauen wollte, sich weg von der Planwirtschaft wieder hin zu einem staatskapitalistischen Land zu entwickeln. Durch die vorherige Form der Diktatur des Proletariats, die zu einer zentralen Personenherrschaft führte, waren die demokratischen Grundsätze der Freiheit, Gleichheit, Brüderlichkeit nicht so relevant. Ein Herrscher an der Spitze der Regierung hatte nun die Möglichkeit einer Alleinherrschaft und sogar sein ganzes Leben lang absolute Regierungsmacht erhalten. Alle Kritik gegen ihn konnte nun rücksichtslos zurückgedrängt werden. Durch die Möglichkeit privatwirtschaftlicher Mehrwerteinnahmen des millionenfachen Arbeitsheeres sowie auch der geschickten Politik, dass für viele der Menschen die Konsumgüter erschwinglich wurden, kam es zu einem wirtschaftlichen Aufschwung und der Zufriedenstellung großer Volksgruppen. Nur wenige interessierten sich noch für die demokratischen Ideen.

Auch andere Länder, die gute wirtschaftliche Beziehungen zu diesem Staat aufrechterhalten wollten, vermieden irgendwelche ernst zu nehmenden kritischen Äußerungen gegenüber diesem Einzelherrscher. Die Aussicht auf hohen wirtschaftlichen Gewinn, bei wohlwollender Akzeptierung dieses Landesherrschers, stand vor allem anderen. Durch seine erfolgreiche Entwicklung packte den Überwachungsstaat auch der Ehrgeiz, nicht nur wirtschaftlich das mächtigste Land zu werden. Ja, er war auch bestrebt, auf militärischem, technischem und wissenschaftlichem Gebiet an der Spitze zu stehen.

Der Erfolg dieses Planes öffnete sich immer mehr. Nach anfänglichem Kopieren und Nachahmen der automatischen Industrietechnik anderer Länder, erreichte man nun durch wissenschaftliche und technische nationalökonomische Entwicklung, dass immer mehr, auch mit elektronischer Arbeitsleistung ansteigend, Güter für den Lebensbedarf hergestellt werden konnten. Auch die digitale Verwendung und sogar biochemische neue Errungenschaften fanden und finden in der Gestaltung gesellschaftlicher Prozesse immer mehr Anwendung. Der Staat achtet dabei auch sehr darauf, dass sich die dort lebenden Menschen von ihrem Wesen als zufriedene, aber angepasste, dem Staat treu ergebene Bürger zeigen. Zur globalen Absicherung wurde dazu eine Armee aufgebaut mit einem technischen Apparat, der in kürzester Zeit die Erde, wie sie jetzt ist, zerstören könnte. Eine beachtenswerte Kritik aus den Bevölkerungskreisen besteht gegenwärtig nicht. Das reichlich entstandene Warenangebot trägt sicherlich dazu auch bei. Es gab zwar schon einen Aufruhr, der aber schnell militärisch ausgeschaltet wurde.

»Revolutionäre Entwicklung« durch Digitalisierung und biologisch-chemische Erfindungen?

Immer wieder kommt die Meinung auf, dass sich die Höherentwicklung der Menschheitsgesellschaft nicht durch deren Aufstand, sondern durch die technische Fortentwicklung vollziehe. Es wird im Folgenden vieles von dem oben Erwähnten wiederholt. Doch deswegen, um klärend dazu beizutragen, ob sich aus den Einzelerscheinungen doch etwas Ganzheitliches Neues entwickeln kann. Dieser sogenannte »qualitative Sprung«, benannt in der materialistisch, dialektischen Philosophie.

So musste er weiterhin feststellen:

Auch andere Länder und Kontinente griffen danach, global die Größten zu werden oder auch zu bleiben.

Ein Land, die USA, eines der großen Sieger des letzten großen Weltenbrandes und auch ein Gewinner des Zerfalls anderer Imperien, konnte durch seine riesigen Industriegewinne eine der größten Armeen aufbauen und sich ein riesiges Potenzial von Atomwaffen zulegen, sich dadurch als führende, überall kontrollierende Staatsmacht auf der Erde hervortun.

Auch vollzog sich in diesem Lande eine technische Revolution, durch die Erfindung und wirtschaftliche Verwertung der elektronischen Datenspeicherung. Mit den Wechselwirkungen von elementaren Abläufen in den Atomen konnte man mit Lichtgeschwindigkeit Informations- und auch maschinelle Arbeitsabläufe aufbauen, die sehr präzise und massenhaft in kürzester Zeit Dinge produzieren konnten. Diese Entwicklung nennt man deswegen revolutionär, also qualitativ etwas auf einer höheren Entwicklungsstufe hervorbringend, da sie die rein fundamentale Fähigkeit menschlicher Arbeits-, Herstellungsleistungen von nützlichen Gütern immer mehr ersetzt. Durch unzählige Datenverarbeitungen übernehmen die Maschinen das Planen, Projektieren und Produzieren. Dieser Erneuerungsprozess ist noch voll in der Höherentwicklung.

Einzelne Menschen, durch neugieriges Begreifen angetrieben, aber sicherlich auch, um sehr hohen materiellen Gewinn zu erlangen, entwickelten elektronisch gesteuerte Maschinen, digitale Geräte, die später im gesamten Wirtschaftsablauf sehr effizient verwendet werden konnten. Die Ergebnisse der Arbeitsleistungen wurden mit diesen Arbeitsgeräten so stark in Quantität und Qualität gesteigert, die man rein mit menschlich mechanischer

Leistung nie erreicht hätte. Durch eine weltweite Vernetzung konnte nun, ohne Zutun menschlichen Handelns, die benötigten Wirtschaftsgüter, meist auch mit einem hohen finanziellen Verkaufsgewinn, umgesetzt werden.

Die nun dort eingesetzten Arbeitskräfte sind zur Programmierung und Verwendungsplanung dieser elektronischen Produktionsgeräte, genannt auch Maschinenroboter, notwendig. Sogar die Behebung von mechatronischen Fehlern wird digital gesteuert.

Auch geschieht es immer häufiger, dass die Arbeitenden nicht mehr von einem beständigen Firmenarbeitsplatz ihre Arbeitsleistungen erbringen müssen. Sondern durch ihre elektronischen Vernetzungen geht dieses von jedem beliebigen Aufenthaltsort aus. Den zu erbringenden Zeitaufwand für die zu erledigende Arbeit ist ihnen freigestellt. Sie richtet sich ganz nach deren privater Zeiteinteilung. Sie werden dann auch nicht mehr mit einem Arbeitslohn oder -gehalt von den Unternehmen bezahlt, sondern nur noch als selbstständige Honorarkraft nach ihren tatsächlich verwendeten Zeiteinsätzen. Ein klassisches Arbeitsverhältnis, auch mit den erkämpften Sozialabsicherungen, wird dadurch bestimmt immer mehr wegfallen.

Es müssen dann andere Formen dieser sozialen

Absicherungen geschaffen werden. Dies wird bestimmt nicht auf freiwilliger Basis geschehen!

So wird schon in Erwägung gezogen, dass alle erwachsenen Einwohner ein bedingungsloses Grundeinkommen erhalten sollen, wie schon ähnlich oben erwähnt. Deren Realisierung ist auch mit den Vorstellungen verknüpft, dass die entscheidende existenzbezogene Abhängigkeit vom Arbeitslohn vielleicht doch aufgehoben werden kann. Die kapitalistische Privatwirtschaft hätte dann zwar weiteren Bestand, doch wären die Berufstätigen nicht mehr auf die Aufteilung des erarbeiteten Mehrwertes als Lohnempfänger angewiesen. Man ist auch der Meinung, dass dadurch die bestehende Entfremdung unter den sozialen Schichten nicht mehr relevant bleibt. Die Verwertung der Waren und deren Vermarktung würde dann zwar weiter ein privatwirtschaftlicher Bereich bleiben. Man könnte aber dieses durch zu errichtende demokratische Gremien, nach wissenschaftlich ökonomischen Plänen, teilnehmend mitsteuern. Es wäre ein Versuch, die unabdingbaren auftretenden gesellschaftlichen Revolutionen, wie es ja herausgearbeitet wurde, vermeiden zu können. Veränderungen vollzögen sich dann ausschließlich auf der Reformebene. Auch würde das demokratische System zunehmend gesellschaftsgerechter.

All das ist erst noch reine Theorie.

Die digitale Vernetzung wird aber auch kontraproduktiv, wie Kritiker hervorheben, schon so genutzt, dass über jeden einzelnen Menschen eine große Anzahl von Daten gesammelt wird. Wirtschaftlich werden diese meist für Werbezwecke, zur Steigerung der Firmenumsätze genutzt. Aber auch staatliche Stellen sind an der Ausnutzung personenbezogener Daten, auch sicherlich zur Überwachung dieser, sehr interessiert. So kam es schon vor, dass staatliche Geheimdienste die Daten von Internetnutzern speichern und auch diese meist, noch bis jetzt, zum Nachweis oder zur Vorbeugung krimineller Handlungen auswerten. Es gibt aber auch schon Auswertungen zu polizeilichen Verfolgungen von Personen, die staatskritische Meinungen geäußert hatten. Man sperrte sie dann ein oder brachte sie sogar um.

Durch eine solche Datenverarbeitung kann auch über jeden Einzelnen eine immens hohe Anzahl von persönlichen Informationen gesammelt werden. Diese können dann dazu verwendet werden, dass es, wie schon in der Literatur beschrieben, darauf hinausläuft, dass der Einzelne zu einem »gläsernen Menschen« wird. Sein Privatsphärenschutz wäre damit verloren.

In der Weiterentwicklung digitaler Geräte,

durch Milliarden elektronischer Verbindungen in Bruchteilen von Sekunden, wird auch schon erreicht, dass in der Ideennachahmung kognitive Fähigkeiten der Gedankenfolge mit vorgeschlagenen einzelnen Wörtern und auch ganzen Satzteilen dem Einzelnen seine Handlungsfolge vorgeschlagen wird. Es besteht dadurch die Gefahr einer individuellen Suggestion der Gedankengänge, aus denen sich eine fremdgesteuerte Handlungsfolge, eine gewollte Zielrichtung im Bewusstsein und der Handlung ergeben kann. Dadurch kommt es zu der Situation, dass der Einzelne nicht mehr über seine Gedanken selbst entscheidet, diese selbst gestaltet, sondern sich diese fremdgestalten lässt. Das wird mit dieser sogenannten Schichtenprogrammierung immer mehr durch Algorithmen ausgebaut. Mit ihr lässt sich das Potenzial menschlicher, kognitiver Fähigkeiten immer umfassender nachahmen. Es wird als künstliche Intelligenz bezeichnet.

Ist diese aber schon mit der menschlichen Intelligenz vergleichbar?

Festzuhalten ist, dass die programmierte Wortweiterführung dies zwar beinhaltet, aber doch nicht maßgebend die Entscheidungsfähigkeit des Einzelnen vollkommen übernehmen kann. Im gegebenen Fall kann der Einzelne sich durch seine subjektive Gefühls- und Urteilsfähigkeit in seiner Gedankenwahl anders entscheiden. Aus »Mach das« kann noch immer »Mach ich anders« werden. Seine kognitive Urteilskraft steht über dem elektronisch dargestellten Vorschlag. Es sei denn, dass er so stark einem äußeren, fremden Einfluss unterliegt, also manipuliert ist, dem er vielversprechend vertraut und entsprechend sich entscheidet. In den programmierten Algorithmen kommt die beeinflussende Zielsetzung zum Ausdruck. Die Möglichkeit, sich deren Kontrolle zu entziehen und autonom zu entscheiden, muss daher prinzipiell gegeben sein. Die gegenwärtige Entwicklung zielgerichteter Vorschläge verläuft genau diametral dazu. Durch die ungeheure Ansammlung von Daten über das einzelne Subjekt wird dann die Entscheidung eines weiteren persönlichen Verhaltens durch Anzeige auf dem Display entschieden und ist für viele der Benutzer annehmbar.

Dieser beeinflussenden Seite muss aber prinzipiell die Motivation unterstellt werden, dass sie, entsprechend auch den psychologischen Erkenntnissen, Interessen einzubringen und durchzusetzen versucht, die ihren gefühlten willentlichen Zielen, wie die von wirtschaftlicher, sozialer, politischer Erfüllung, entsprechen.

Doch was erreicht man mit Künstlicher Intelligenz noch nicht?

Es ist die einzigartige Fähigkeit, die nur in seiner komplexen Naturentwicklung der Mensch besitzt, aus seinen vom Gefühl entstammten Gedanken des Vergangenen, des Gegenwärtigen und des Zukünftigen, seine Handlungen, also das Planen, Projizieren und Produzieren, aufzubauen. Diese Kreativität wird mit den elektronischen Maschinen noch nicht erreicht. Der eigenständige schöpferische Gedankengang ist nicht gegeben, da er in seiner Funktion bis jetzt noch von außen programmiert werden muss. Man arbeitet aber daran, durch eine unzählige Anzahl von Datensammlungen zu erreichen, dass die Folge von adäquat menschlichem Verhalten selbstständig von den elektronischen Maschinen ausgeführt werden kann. Und auch die nächste Stufe einer Handlungsfolge vorgeschlagen oder schon ausgeführt werden kann. Man nennt sie Roboter, Maschinenmenschen oder auch Androiden. Es ist der Versuch der Nachahmung menschlicher Intuitionen. Sie werden über diese oben genannten Algorithmen, Zielfunktionen, festgelegt und aufgebaut.

Kritische Menschen, die deren Entwicklung nicht zu euphorisch, aber auch nicht zu negativ sehen, heben hervor, dass diese Roboter zwar in der Lage sind, kognitive Funktionen auszuführen, aber nicht, so wie die Menschen prädestiniert ihrer

Motivation, bewusst ein Handeln so vollziehen. Die Entscheidungen, was und wie gehandelt wird, ist letzten Endes Sache der empfindenden, bewusst Denkenden unter Einschluss subjektiver Neigungen, die auch triebgesteuerten Tendenzen unterliegen können. So wird es beschrieben. Man weiß aber auch, dass Gedankengänge und das Verhalten Einzelner so manipuliert und beeinflusst werden können, dass Fremdinteressen überzeugend ausgeführt werden. Vor allem dann, wenn diese von einer breit anerkannten Autorität erfolgen, welche emotional überzeugend einwirken kann. Das müssen nicht nur Personen sein, sondern können auch Unternehmen oder andere Einrichtungen sein. Hier kann man auch ansetzen, ob die digitale Entwicklung positive oder negative Auswirkungen auf die gesellschaftlichen Zustände haben wird. Entscheidend festlegen können das nur die Menschen, die durch ihre Politik, ihren Machteinfluss, aber auch durch ihren Widerstand und ihren Kampf, diesen Prozess beeinflussen, auch steuern oder auch verändern können.

Gegenwärtig strebt man, um etwas Positives hervorzuheben, jedenfalls unter demokratisch politischen Verhältnissen an, dass der Einzelne in seiner Möglichkeit freier Willensentscheidung erstmal Priorität besitzt. Auch sind Überlegungen vorhanden, dass es gerecht in den Gesellschaften zugehen soll, auch wenn es weiterhin Reiche und Arme, Mächtige und Menschen ohne Machteinfluss gibt. Das gilt aber nur für wenige Staaten. Die meisten Länder auf der Erde werden feudal-monarchisch, diktatorisch oder oligarchisch beherrscht.

Biologisch-chemische Warenproduktion

Dann vollzogen sich noch weitere gesellschaftliche Entwicklungstendenzen mit wahrscheinlich, auch mit dem vorher Beschriebenen zusammenhängend, sicher sehr verändernden Folgeerscheinungen:

Durch biologisch-chemische Forschungen, vor allem mit Hilfe elektronischer Geräte, kam es dazu, dass im Getreide- und anderem Floraanbau viel größere Ernteerträge erbracht werden konnten. Diese immens angestiegene Zahl der Menschen verlangte ja ein ausreichend sie ernährendes Angebot. Es wurden, aufbauend auf den schon vor längerer Zeit gemachten Erkenntnissen, synthetische Stoffe entwickelt, welche nur die für die Menschen nützlichen Pflanzen und Getreidearten wachsen und gedeihen ließen. Alles andere wurde ohne Rücksicht auf die Ausgewogenheit des natürlichen Kreislaufes durch giftige Substanzen vernichtet.

Diese Mittel nennt man Pestizide, Insektizide, Fungizide. In der weiteren Entwicklung hat man aber auch die Einsicht erlangt, Gefahr zu laufen, dass dadurch immer mehr die Biosphäre vergiftet und unwiderrufbar zerstört wird. Auch dass immer häufiger die Lebewesen, auch die Menschen todbringend erkrankten. Diese Einsicht vollzog sich aber vorwiegend nur über eine aufkommende politische Gegenbewegung. Die marktbeherrschenden Konzerne machten nicht auf freiwilliger Basis mit. Es gelang dann der Forschung, durch Veränderung des Genaufbaus in Pflanzen, aber auch in Tieren, einen Abwehrmechanismus zu erzeugen, der die genannten Arten gegen ihre »Feinde« resistent machen konnte. Man erfand Geräte, mit denen man die winzig kleinen Körperzellen nicht nur äußerlich, sondern auch von ihrer inneren Struktur erkennen konnte. Es waren noch kleinere Teilchen, genannt Genome, die sich untereinander zusammensetzten und aussahen wie eine doppelt gewundene Kette, die dann im weiteren organischen Wachsen alles beinhaltete, was die innere und äußere Form, die Quantität und Qualität der entstandenen Lebewesen, ausmachte. Sie nannte man Erbgutstränge oder auch Chromosomen.

Dann gelang es nach gewisser Zeit, in dieses Chromosom ein fremdes Genom anzubringen. Das wird mit dem Einschleusen fremder Gene, also Erbfaktoren, die aus Bakterien oder auch Pflanzen oder anderen Tierzellen stammen, durchgeführt. Aus einem Spenderchromosom, wie Bakterium, wird ein entsprechendes Gen herausgelöst, herausgeschnitten. Dazu benutzt man eine sogenannte Genschere. Mit dieser entfernt man das Genom aus dem betreffenden Erbstrang. Dann nimmt man dieses Bakterium, löst daraus ein Chromosom, welches ein Gen zu einer Bakterienbildung in sich trägt. Schneidet dieses auch heraus und setzt in das durchtrennte Chromosom das bakterienresistente Gen ein. Dann setzt man dieses veränderte Bakterium in eine Empfängerpflanze ein. Das können Raps, Mais, Soja und andere Nutzpflanzen sein.

Diese Genübertragung erreicht, dass diese Nutzpflanzen gegen Insekten, genannt Herbivoren, einen resistenten Schutz erhalten. Auch werden sie von anderen nicht nützlichen, genannt auch Unkrautpflanzen, nicht verdrängt. Diese Genübertragung ist nur deshalb möglich, weil alle Lebensarten hier auf der Erde über den gleichen genetischen Aufbau, genannt Code, verfügen. Es wird auch berichtet, dass man diese Genveränderungen sogar mit bestimmten Virenstämmen versucht. Dieses könnte aber sehr gefährlich sein, da man deren Ausbreitung nicht definitiv unter Kontrolle hat. Es kann dann passieren, ähnlich wie bei der atomaren Kernspaltung, dass diese Viren sich unkontrolliert verbreiten, in fremde Organe eindringen und sich massenhaft, seuchenmäßig vermehren.

Welche genverändernden Auswirkungen dieses Verfahren in der weiteren Erbfolge haben kann, ist bis gegenwärtig nicht bekannt. Es klang zur Schonung der natürlichen Umwelt sehr verheißungsvoll. Man meinte, keine chemischen Pflanzenschutzmittel mehr einsetzen zu müssen. Doch zeigte sich kurzzeitig, dass die sogenannten Schädlinge sich diesen Veränderungen durch eigene Mutationen behaupten konnten. Auch zeigten sich »bei Mensch und Tier« neue, auch lebensbedrohende Krankheiten, wahrscheinlich gefördert durch den Verzehr dieser genveränderten Nahrungsmittel, wie berichtet wurde. In der Nutztierhaltung wird aber auch bis heute weiterhin genverändertes Futter verwendet. Es gelang auch, die zum Verzehr bestimmten Tiere mit Genen so zu verändern, dass sie schneller wachsen, in ihrer Gestalt größer werden und mehr Fleisch zur Ernährung der Menschen ansetzen.

Die Milliarden von Menschen wollen und sollen ja alle zu ihrem Gedeihen satt werden und es auch lebenserhaltend warm in ihrem Umfeld, in ihren Wohnstätten haben. Zur eigenen Zufriedenstellung nehmen die meisten der Menschen tierische Produkte, gemischt mit vegetativen, zu sich. Denn so wie im natürlichen Überlebensprozess sind sie zum Überleben angehalten, alles zu »verschlingen«, was ihnen verwertbar erscheint. In breiter Zustimmung wird es von ihnen als richtig gesehen, Nutztiere und auch pflanzliche Produkte in kürzester Zeitspanne heranzuzüchten, um sie verwerten zu können.

Auch sprach man darüber, sogar Menschen in ihrer Art und Weise verändern zu wollen, um dann ganz bestimmte Spezies, bestimmtes Aussehen und auch Eigenschaften zu erhalten. Das wurde aber wegen ethischer Bedenken öffentlich sehr kritisiert, vielleicht aber heimlich weiterentwickelt.

Durch Eingabe von Stammzellen und deren Anreicherung zu Antikörpern versuchte man auch, zwar bis jetzt noch nicht erfolgreich, damit krankheitsbedingte Wucherungen und bösartige Geschwulste zu vermeiden oder zu bekämpfen.

Immer wieder probiert man aus, durch künstliche Samen- und Eizellverbindungen ganze körperliche Organe heranzuzüchten oder sogar gesamte Lebewesen zu erzeugen. Dieses wird als Klonen bezeichnet. Das ist die Übertragung von Stammzellen, die sich noch nicht geteilt haben. Sie gibt es in der befruchteten Gebärmutter bei menschlichen und tierischen Lebewesen. Auch im Blut, in der Haut, im Knochen-, Rückenmark sowie noch weiteren Körperregionen. Man nennt sie adulte, undifferenzierte Zellen, weil sie sich noch nicht zu ihrer spezifischen Ausformung entwickelt haben.

Der Klonprozess wird so durchgeführt: Man entnimmt einem Lebewesen eine nicht befruchtete Eizelle. Dieser Zelle wird im Kern, dem Chromosomenstrang, DNS abgekürzt, ein Genom entfernt. Dem Körper des Lebewesens, welches nun geklont werden soll, entnimmt man auch eine geeignete Zelle, zum Beispiel eine Hautzelle, deren Zellkern den genetischen Bauplan dieses Lebewesens enthält. Diese Zelle setzt man weiterführend in die entkernte Zelle ein, leitet etwas Elektrizität hindurch, damit sich beide gut verschmelzen. Mit dem neuen Zellkern teilt sich nun die Zelle immer weiter und wächst, wird somit eine Abbildung, ein Klon, ein Abzweig des Lebewesens, von dem die Zelle stammt, so berichteten die Medien darüber.

Wegen der Manipulationsgefahr machte sich aber Widerstand unter den Menschen breit, denn viele Kritiker hatten Angst durch einen Eingriff, anderen Interessen genehme Menschen erzeugen zu können oder auch in der Erbfolge von gezeugten Lebewesen Schädigungen zu verursachen.

Alternative Energieumwandlung

Dann wurde mit Erschrecken, nach langem Zweifel, hinzukommend doch allgemein anerkannt, dass sich durch riesige Mengen an Schadstoffen auch das globale Klima immer mehr veränderte, was zur Gefährdung und sogar Vernichtung von bestehender Natur und den Menschen führen könnte.

Beim Abbau von fossilen Rohstoffen, also Erzen, Kohle, Erdöl, Gas, Holz zur Gewinnung von Energie und industriell verwertbaren Stoffen, zerstörte man immer mehr die fest geformte, die flüssige und gasförmige Umwelt und ihren Bestand.

Es muss ja für die Bereitstellung einer existenzerhaltenden Lebensweise sehr viel Energie benötigt werden; auch zur Herstellung aller notwendigen Geräte und Maschinen.

Man stellte aber, meist ausgelöst durch die sogenannten schädlich wirkenden Klimaveränderungen fest, dass man in anderer Art und Weise die nötige Energie gewinnen kann. Es war die Energieumwandlung des Sonnenlichtes, des Windes und des Wassers. Die umweltbelassende Verwendung der Atomteilchen, wie man auch versuchte, gelang aber nicht. Durch unbeherrschbare Katastrophen dieser sogenannten Kernspaltungsenergie in Atomkraftwerken wurden alternativ dazu, erfahrend aus diesen Unglücksfällen, andere sichere, umweltschonende Verfahren von einzelnen Staaten aufgebaut. In den meisten Ländern wird aber weiter mit der Kernspaltung Energie umgewandelt. Vielleicht sei aber die Atomkraft durch weiteres wissenschaftliches Erforschen, anstatt der Spaltung, mit einer beherrschbaren Fusion noch weiter zur Energiegewinnung anwendbar. So wird weiterhin argumentiert. Was aber auch viele ängstigt, ist die weitere Aufrüstung der Waffen mit atomaren Sprengköpfen. Vor allem, dass in einigen Machtzentren der Herrscher nach seinem eigenen Entschluss, durch einen Knopfdruck, diese Atomraketen überall hin auf der Erde losschicken könnte.

Durch die Schädigung oder auch teilweise Vernichtung der natürlichen Umwelt verbreitete sich immer mehr dazu die Angst ihrer Selbstvernichtung unter den Menschen. Dass die Natur ewig weiter existieren werde, auch wenn diese Art von Aufrechten, Begreifenden von dem Erdplaneten verschwunden sein wird.

Problemlösungen mit dem demokratischen System?

Man sann, immer kampfbereiter werdend, nach!

Vor allem junge Menschen, welche die Zukunft noch vor sich haben, versammelten sich in großen Protestmärschen und forderten für sich eine Gesellschaft, vor allem eine Staatsmacht, die ihr Leben weiter gedeihen lässt und nicht letztendlich der Vernichtung preisgibt.

Wie könnte man nun einen Weg finden, der die Lösungen der Probleme voranbringen könnte?

Ein rein vernünftiges, rationales Verhalten wird es schon wegen der triebbedingten Steuerung der Menschen nicht geben. Die Menschen tragen das selbsterhaltende Verlangen, genannt auch Egoismus, Aggression, nach Macht, Beherrschen, Vernichten in sich. Trotz ihrer hohen Aneignung von Wissen und Intelligenz, wie es heißt. Der Mensch ist zwar vernunftbegabt, aber kein rein von der Vernunft her handelndes Lebewesen, wie es Philosophen und vor allem Psychoanalytiker immer wieder betonten.

Könnte man mit dem demokratischen System Lösungsansätze finden?

Demokratie bedeutet ja, dass die Staatsbürger bestimmen, was gesellschaftlich entschieden werden soll. Da man, bei der jetzigen hohen Anzahl von Menschen, dieses schlecht über eine direkte persönliche Teilnahme an der Entscheidungsfindung durchführen kann, geht man den Weg, einen

Vertreter über eine Mehrheitswahl aller dazu Berechtigten zu wählen, zu bestimmen, Dieser soll dann für seine Wähler an den Entscheidungsfindungen teilnehmen. Man nennt diese Vertreter Abgeordnete und den Ort dieser Versammlung Parlament. So geschieht es gegenwärtig aber nur in einigen Ländern auf der Erde.

Nach welchen Kriterien wird nun entschieden?

Nach der realen Gegebenheit geschieht dies nicht rein nach seinem subjektiven Wissensstand und in vernünftiger Weise. Unter der bekannten Annahme, wie schon vorher erwähnt, dass der Mensch durch seinen Selbsterhaltungstrieb, sein Ego, wie man es auch bezeichnet, sich steuern lässt, trifft er auch seine persönlichen Entscheidungen, welche so motiviert sind, dass er an Einfluss oder auch seinem Machtstreben, das meiste für sich erreichen will. Die anderen als naturbedingte Sozialwesen folgen dann meist angepasst den Interessen der Menschen, die noch größeren Einfluss oder Macht haben, als sie selbst. Um durch diese, existenziell für sich, die größtmögliche Zufriedenstellung erfahren zu können. Wie heißt es so treffend: »Wessen Brot ich ess, dessen Lied ich sing.«

Da der Gewählte als Abgeordneter in Demokratien durch die Bestimmung großer Menschengruppen bestimmt wird, ist er auch meist der Annahme,

164

für andere Menschen das Beste, das Richtige zu tun. Diese Überzeugung verbreitet er auch unter anderen, um aufzuzeigen, dass er das Beste getan habe und auch den richtigen Weg kenne. Eine kritische Selbsteinschätzung kommt nur sehr selten vor. Dieses Verhalten wurde auch als narzisstisch bezeichnet.

Um nun zu gewährleisten, dass er für das Lebenswohl der Menschen richtig oder falsch entschieden habe, müsste er regelmäßig einer Kontrolle, einem Druck, einer Kritik oder sogar einer Auflehnung anderer ausgesetzt werden. Das ist aber nicht zu realisieren und wird auch von den nun Bestimmenden und ihrer Gefolgschaft, genannt auch Regierenden, nicht ohne Weiteres zugelassen. Meist wird dann auch schon versucht, »jegliche Kritik im Keim zu ersticken«. Auch wenn es dazu kommt, dass der Einzelne sich der Kritik oder anderem beugen oder auch in seiner Funktion ausscheiden muss, ist wiederum nicht gewährleistet, dass nun alles für »ewig« richtig oder auch gerechter ablaufen wird. Auch gegenüber dem »Neuen« bedarf es wieder einer konträren Meinung und Handlung. Dieser gesellschaftliche Prozess wird immer gegeben sein. Zwischen »gut« und »schlecht«, »richtig« und »falsch« wird es wohl eine immer bestehend bleibende Auseinandersetzung, sogar Kampf und auch Aufruhr, Revolutionen, geben. Die Gefahr ist aber stets da, dass Einzelne es doch immer wieder erreichen werden, die absolute Macht für sich zu erlangen und nichts anderes auf freiwilliger Basis zulassen.

Sicherlich führen die oben genannten Erfindungen zu ganz anders erscheinenden Lebenszustände für die Erdbewohner. Man kann sie sicherlich, wie von vielen Theoretikern formuliert, als strukturelle, komplexe Entwicklungen, somit als Revolutionen bezeichnen. Sie können auch in sich bessere Lebensumstände beinhalten. Doch sie bilden keinen absolut optimalen Zustand, sondern unterliegen dem weiteren Veränderungsprozess, immer sicherlich mit der Berücksichtigung, dass die Menschen vernunftbegabt sein können, aber doch auch nach ihren motivierten Neigungen entscheiden und handeln.

Gibt es nun doch einen Weg, für das Wohl der Menschen die »angemessenen Entscheidungen« zu treffen?

Durch die Einführung und auch der Umsetzung von demokratischen Verhältnissen konnte, zwar nicht überall, aber doch in bestimmten Ländern, ein politisches Gegengewicht, Äquivalent genannt, geschaffen werden, sodass es hier und dort erreicht werden konnte, für die Menschen und Natur zerstörende, schädliche Situationen zu berücksichtigen. Dem auch entgegenzusteuern. Auch eine Güterproduktion zu installieren, die zwar den Einzelnen sehr reich machen kann, sich aber nicht vernichtend auswirkt. Man nennt dies nachhaltiges Wirtschaften mit ausgleichender Verteilung der Erträge.

Es geschah und geschieht aber immer wieder, dass einzelne Menschen im Selbsterhaltungskampf um die größte Machterreichung bestrebt sind, in ihrer Verwirklichung alle anderen zu verdrängen. Und auch motiviert sind, somit die demokratischen Regeln auszuschalten. Sie werden dann Diktatoren, Imperialisten, Monopolisten, Oligarchen genannt.

Bei Zuspitzung der Machtfülle und auch, wenn die Produktionssituationen sich widersprechend nicht mehr ertragbar sind, bilden sich dann meist, aber nicht immer, große demonstrative Volksaufstände heraus, die eine Veränderung verlangen. Diese Erkenntnis stammt von den zwei Philosophen Karl Marx und Friedrich Engels aus ihrer dialektisch historischen Gesellschaftstheorie, wie schon zuvor beschrieben.

Dieses wird sich auch weiter wiederholen, da es nie, nie einen endgültigen Sieger zwischen »richtig« und »falsch«, »gut« und »böse«, Vernunft und

Unvernunft, Wahrheit und Unwahrheit geben wird. Auch dieses Neue schreitet fort in seinen wieder entstandenen Gegensätzen.

Die Menschen haben den natürlichen Trieb zur Selbsterhaltung, der Behauptung, in sich. Ja, und wenn möglich, nutzen sie diesen auch zu ihrer Befriedigung und drängen ihn nur durch den Widerstand anderer zurück. Die demokratische Kontrolle kann, zu deren Einhalt, nur Mittel zu diesem Zweck sein. Auch der Protest, Aufstand, die Revolution wird dazu keinen endgültigen, gerechten Zustand erreichen, sondern nur wieder Ausgangspunkt für eine weitere zielweisende Gesellschaftsentwicklung sein.

Wissen, Kämpfen, Verbundenheit

Man sieht schon in den bereits genannten Aufzählungen, dass es immer eine positive und auch negative Seite gibt, und nur die bewusst Lebenden können sich für eines dieser beiden, in sicherlich meist aufopfernden, auch ihr Leben hingebenden Auseinandersetzungen, entscheiden.

Wie sagte doch, wie schon erwähnt, ein vor über zweihundert Jahren lebender Dichter: »Solange der Mensch glaubt an die goldene Zeit, wo das Rechte, das Gute wird siegen. – Das Rechte, das Gute führt ewig Streit, nie wird der Feind ihm erliegen.« Dem »Edlen«, sicher meinte er damit den vernünftig Handelnden, wie er weiter ausführte, wird nie die ganze Macht gehören (n. Friedrich Schiller, Die Worte des Wahns).

Es tauchte etwas überraschend für die anderen in überdimensionaler Erscheinung wieder auf: Es wirkte eher wie eine weibliche Gestalt. Mit im Winde wehender Bekleidung hatte dieses Wesen ihren einen Arm nach oben hin ausgestreckt. Ihre gespreizte Hand deutete auf etwas hin.

Ja, und viele der Menschen sahen dies!

Auch er befand sich, wie ein Wunder, all das Vergangene überlebt zu haben, unter all diesen. Er befühlte seinen Körper. Er war tatsächlich am Leben geblieben. Aus seinen Ahnen weiter hervorgegangen. Er spürte es auch in sich, dass seine Fähigkeit zugenommen hatte, immer mehr begreifen zu können. Durch was konnte sich dies nur entwickelt haben?

Er fasste mit der Hand in seine Jackentasche und zog ein elektronisches kleines Gerät, ein Handy heraus. Mit einem Fingerdruck rief er auf dem Display den Begriff »Technische Revolution« auf, um zu erfahren, was damit gemeint sei. Er las, das sei in der bestehenden Industriegesellschaft als System zu verstehen, welches sich in den letzten 20 Jahren rasend schnell entwickelt habe. Ja, es hieß sogar, dass sich damit eine »wissenschaftlich-technische Revolution« vollzogen habe.

Kernstück sei der Übergang, Veränderung der Arbeitsfunktion der unmittelbaren Steuerung und Reglung der Maschinen, weg von menschlicher, hin zur reinen digitalen Steuerung in der Herstellung der Produkte (vgl. Lit. 3, Bd. 2, S. 1313).

Eine manuelle, physische Bedienung und Handhabung kam immer mehr zum Erliegen. Regelung und Steuerung vollzogen sich rein automatisch, bezeichnet als Maschinenroboter. Damit veränderten sich auch die beruflichen Tätigkeitsausübungen. Gebraucht wurden nun Programmierer, Informatiker, Mechatroniker, Automatenregler. Das brachte neue technisch-qualifizierte soziale Gruppen im Arbeitsprozess hervor.

Die Arbeitenden, herleitend nun durch die neuen Anforderungen einer zunehmend fachlichen Qualifizierung, erhöhten damit auch ihren Wissensstand.

Das wurde dann auch von Philosophen, die von den Erkenntnissen historisch dialektischer Entwicklung ausgingen, weiter entwickelt zu einer sogenannte Kritischen Theorie. So erkannten sie, dass durch den technischen Fortschritt die vorherige Situation der Arbeiterklasse sich verändert habe.

Dieser bringe Lebensformen, auch solche der Macht, hervor, die sich nicht mehr in diesen »antagonistischen, nicht überwindbaren Gegensätzen« entgegenstehen. Es herrscht somit nicht mehr dieser Klassenkampf, mit dem letztendlich durch eine Revolution ein neues, sozialistisches Herrschaftssystem entstehe. Es stehen sich somit keine gesellschaftlichen Klassen gegenüber. Eher, dass mit dem technischen Fortschritt sich soziale Gruppen bilden, die dann die allgemeinen Zustände weiter entwickeln werden.

»Die gegenwärtige Gesellschaft scheint imstande zu sein, einen sozialen Wandel zu unterbinden.« Diese Verhinderung der Revolution sei »vielleicht die hervorstechendste Leistung der fortgeschrittenen Industriegesellschaft.« (alles n. Lit. 6b, S. 14)

All dies wurde schon in dieser kritischen Theorie vor zurückliegenden 25 Jahren so aufgezeigt. Die dann einsetzende Entwicklung, vor allem in der elektronischen Datenverarbeitung und -verwendung, beweist dieses auch immer deutlicher.

Zwar gibt es weiterhin Kapitaleigner, auch in ihrer umfassenden Marktbeherrschung Konzerne genannt, die sich den erarbeiteten Mehrwert aneignen. Doch diese Entwicklung, auch durch das Erreichen eines höheren Lebensstandards durch bessere Verdienstmöglichkeiten, gibt vielen Menschen die Zuversicht, an dem bestehenden ökonomischen System festzuhalten. Es, wenn notwendig, systemimmanent zu verändern, aber nicht durch einen revolutionären Umbruch, sondern durch ein einflussnehmendes Aufzeigen und der zu ändernden Forderungen.

In theoretischer Erkenntnis wurde aber kritisch auf die breite »unterschwellige Meinungsmache« hingewiesen. Durch diese Beeinflussung, Manipulation, werden die Menschen, wie es bezeichnend genannt wird, »eindimensional« gesteuert.

Viele sind dadurch in ihren Bedürfnisbefriedigungen so ausgerichtet, für ihr Wohlergehen viel an verlockend angebotenen Waren zu konsumieren. Das beinhaltet dann auch häufig ein weit verbreitetes, passives sich nicht engagieren wollendes Verhalten bei den Menschen (vgl. Lit. 6b, S. 17ff).

Das alles verbreitete in ihm ein wohlwollendes Gefühl. Er meinte, dass die Menschen es doch immer wieder schaffen, angereichert durch ihr Begreifen, ihr zunehmendes Wissen, zuversichtlich in die Zukunft zu schauen.

Er schaute weiter um sich. Richtete sein Augenmerk gen Himmel. Sah dabei eine bedrohlich aufgetürmte dunkle Wolke. Nur was sollte sie bedeuten?

Habt Acht, so klang es von irgendwoher!

Behaltet im Auge, dass gegenwärtig einige wenige die Warenproduktion weltweit beherrschen. Gezielt dadurch auch Natur und Umwelt plündern. Auch das Verhalten der Menschen zu ihren eigennützigen Zwecken steuern wollen. Dadurch immensen Reichtum und auch großen Einfluss erworben haben. In den Staatsführungen durch ihre Vertreter tonangebend sind. Diese geschickt durch hohe finanzielle Zugaben beeinflussen. Während anderseits andere millionenfach sich unterzuordnen haben und auch in Armut leben müssen. Findet einen Weg, so klang es unüberhörbar, dieses mit eurem Begreifen entscheidend zu verändern. Euer Handeln lässt es bis gegenwärtig noch zu, dass diese, bis jetzt gegebenen Zustände noch verändert werden können.

Vielleicht können diese Ideale, die sicherlich den Menschen zum Aufbruch aufgerüttelt hatten, weiter in sein Handeln mit einfließen: Anstatt dem Glauben, durch Wissen, anstatt aus der Hoffnung Zuversicht zu schöpfen, mehr dem Kämpfen sich anzuschließen. Doch unveränderlich mit Liebe, miteinander Weiteres zu erreichen. In immerwährender Verbundenheit zu unserer Mutter Erde.

Literaturliste

1 a. Lexikon der Psychologie, Edition Bassermann, Hrsg. Factum-Lexicon-Institut, o. Jg.

2 a. Lust an der Erkenntnis, Die Psychologie des 20. Jahrhunderts, Hrsg. Franziska Stalmann, Piper Verlag, München 10/1989.

3. Philosophisches Wörterbuch, Bd. 1-2, Hrsg. G. Klaus u. M. Buhr, VEB-Verlag, Leipzig 1975.

3 a. Charles Brenner, Grundzüge der Psychoanalyse, Fischer Verlag, 02/1988.

4 a. Sigmund Freud, Drei Abhandlungen der Sexualtheorie, Fischer Verlag, 1961.

5 a. Wikipedia, Triebtheorie/Triebstruktur der Gesellschaft.

6 a. Erich Fromm, Die Seele des Menschen, Ullstein Verlag, 07/1981.

6 b. Herbert Marcuse, Der eindimensionale Mensch, TB-Verlag, 1994.

7. H. J. Störig, Weltgeschichte der Philosophie, Deutscher Bücherbund, 1981.

Hinweis auf Einbandrückseite bzgl. C. G. Jung:
Lit. vgl. Wikipedia.org, Archetyp-Psychologie.

Weitere Veröffentlichungen

DIE WANDERNDEN ZWISCHEN DEN WELTEN
Vier Schicksalserzählungen
BoD – Books on Demand, Norderstedt 2021, ISBN 978-3-7534-0419-6
Taschenbuch, 164 Seiten,
auch als E-Book
Vier Erzählungen über vier menschliche Schicksale. Tragisch, aber auch hoffnungsvoll. Gibt es einen zeitlich fortlaufenden Zusammenhang zwischen ihnen? Wer weiß es schon?

VOM SEIN ZUM BEWUSSTSEIN – VOM WISSEN ZUM DASEIN
Drei Erzählungen
Literareon im Utzverlag, München 2020
ISBN 978-3-8316-2225-2
Taschenbuch, 74 Seiten
Manfred Chaluppa widmet sich in seinen drei Erzählungen zentralen Themen unserer Gesellschaft und zeichnet deren Entwicklung und Dynamik auf luzide Weise nach. Dabei erwartet den Leser jedoch kein trockenes Referat harter Fakten. Vielmehr gelingt es dem Autor, gesellschaftliche, medizinische und technische Prozesse in literarische Formen zu gießen und dem Leser einen alternativen Blick auf die Welt anzubieten.